CAIO TOZZI

A VIAGEM DE
MUNDO

CB057717

PANDA BOOKS

Texto © Caio Tozzi

Direção editorial
Marcelo Duarte
Patth Pachas
Tatiana Fulas

Coordenação editorial
Vanessa Sayuri Sawada

Assistentes editoriais
Henrique Torres
Laís Cerullo
Samantha Culceag

Capa
Math Lopz

Diagramação
Elis Nunes

Preparação
Beatriz de Freitas Moreira

Revisão
Cristian Clemente
Vanessa Oliveira Benassi

Impressão
Lis Gráfica

CIP-BRASIL. CATALOGAÇÃO NA PUBLICAÇÃO
SINDICATO NACIONAL DOS EDITORES DE LIVROS, RJ

T679v
Tozzi, Caio, 1984-
A viagem de Mundo / Caio Tozzi – 1. ed. – São Paulo: Panda Books, 2023. 256 p.; 21 cm.

ISBN 978-65-5697-293-0

1. Ficção. 2. Literatura infantojuvenil brasileira. I. Título.

23-84325
          CDD: 808.899282
          CDU: 82-93(81)

Gabriela Faray Ferreira Lopes – Bibliotecária – CRB-7/6643

2023
Todos os direitos reservados à Panda Books.
Um selo da Editora Original Ltda.
Rua Henrique Schaumann, 286, cj. 41
05413-010 – São Paulo – SP
Tel./Fax: (11) 3088-8444
edoriginal@pandabooks.com.br
www.pandabooks.com.br
Visite nosso Facebook, Instagram e Twitter.

Nenhuma parte desta publicação poderá ser reproduzida por qualquer meio ou forma sem a prévia autorização da Editora Original Ltda. A violação dos direitos autorais é crime estabelecido na Lei nº 9.610/98 e punido pelo artigo 184 do Código Penal.

SUMÁRIO

1. Velocidade 9
2. Porta 20
3. Mentecapto 33
4. Destino 43
5. Contato 53
6. Pulsar 60
7. Encontro 69
8. Retratos 82
9. Ligação 90
10. Acordo 104
11. Farsa 110
12. Teia 121
13. Beijo 129
14. Coragem 137
15. Correnteza 148
16. Riso 155
17. Revolução 165
18. Herói 179
19. Voo 192

20. Ritmo 198
21. Escrita 206
22. Desejo 214
23. Irmãos 226
24. Espelho 232
25. Sentir 241
26. Nome 248
27. Tempo 253

Para o Pedro

"O homem deve ser inventado a cada dia."
Jean-Paul Sartre

1
VELOCIDADE

Um carro em alta velocidade cruzou a avenida. O motor fazia um barulhão daqueles. Eu odiava aqueles barulhos, principalmente de madrugada; eles me faziam acordar no susto. Eu não gostava de nada que me pegasse desprevenido, essa era a verdade. Coisa minha, sei lá. Mas não era madrugada ainda, e eu consegui ver pela janela o risco vermelho passar diante de mim. Quase como um tiro, um raio, um cometa, que num *"zupt!"* veio e logo se evaporou na escuridão. Aí, depois, tudo ficou igual de novo. Os veículos voltaram a seguir seus ritmos, indo de lá para cá de um jeito que, nos últimos tempos, me dava sono. Pessoas passavam, também devagar. Viviam suas vidas, cumpriam tarefas, com olhares perdidos, comuns. Tudo normal. Normal. Normal. Normal.

Tinha dia que me batia uma questão: quem eu realmente era? Que tipo de velocidade eu tinha? Talvez eu fosse mais para um veículo lerdo, e não aquelas carangas em alta velocidade. Sempre me vi assim. O lance é que alguma coisa estava mudando. Aquele jeito tranquilão que eu sempre tive estava sendo inundado por um outro. Um lado meu muito diferente do que eu conhecia. Era tipo um ser maior do que meu corpo, com um zilhão de coisas explodindo dentro dele, querendo sair. Misturava raiva, medo e uma pá de coisas que eu não sabia nem dizer.

Por isso, eu pensava sobre o que eu era e o que não queria mais ser. Então, prometi a mim mesmo que iria, de alguma maneira, mudar a minha rota. Eu estava cansado. Mesmo. Estava na hora de criar, tipo, uma vida nova para mim.

É, a vida que eu queria.

Ah, sei lá.

Isso era tudo muito confuso. Quando ficava assim, eu recorria ao meu bom e velho sótão. Aí, pronto! Lá eu ficava protegido até de mim mesmo, saca? Não posso dizer que se tratava de um esconderijo, é verdade, porque todo mundo em casa – meu pai, minha mãe e o Elídio, meu irmão mais velho – sempre soube da existência do refúgio. Não, não era segredo. Ainda assim, o fato de me trancar lá já informava que eu não estava a fim de papo (ok, eu nunca queria papo com ninguém em casa e, a bem da verdade, eu também achava que não queriam comigo, a não ser minha mãe, que, coitada, vivia tentando harmonizar as energias de seus homens).

Estava cada vez mais difícil lidar com eles, conviver num dia a dia com as conversas de sempre, a vida de sempre. No sótão, eu podia ficar sossegado, de boa, trocando umas ideias com meus amigos pelo celular e ainda observar a vista pela janelinha. A vista, no caso, era uma avenida enorme que em algumas horas era um marasmo absurdo e em outras parecia uma estrada, de tanto movimento, com aqueles desvairados pisando no acelerador como se não houvesse amanhã.

Amanhã.

Será que existiria o amanhã? Eu não gostava de pensar nisso, mas parecia inevitável. A palavra "futuro" estava cada vez mais presente na minha rotina. Na escola ficavam nos preparando para o futuro, um saco. Em casa meu pai não parava de falar nisso também – e sempre no *meu* futuro, nunca no *dele*, o que eu achava, sinceramente, que seria uma boa ele fazer. Porque o homem ficava o dia inteiro resmungando pelos cantos, ainda mais depois de perder o emprego. Ok, eu sei que não foi fácil o que aconteceu. Só que desde então ele reclamava de tudo, colocando a culpa de seus problemas na crise econômica, no petróleo e blá-blá-blá. "E aí, cara? O que você pensa do seu futuro, hein?" Sim, era o que ele vivia me perguntando, mas bem que eu queria perguntar isso a ele, porque, pô, o sujeito estava vivo, saudável e só ficava naquelas...

Só que eu, até então, era o tal carro "normal", se é que me entende. Era desses condutores que cumprem suas rotas respeitando a velocidade, sem fazer desvio, pegar atalho ou cogitar deixar de ir ou vir. Seguia conforme me orientavam. Era obediente, é isso. Sei lá o motivo, mas já não estava mais gostando que rolasse desse jeito. Nem sei se um dia gostei, mas era o jeito como sempre levei tudo. Eu estava mesmo sentindo muita vontade de fazer um barulho que incomodasse, para que perdessem o sono, deixar de ser aquele que fica só assistindo, de longe, à coragem dos outros.

Eu queria muito.

Juro que sim.

Mas você acha que era fácil mudar? Nada. Até porque a galera já tinha sacado como eu era. Todos já associavam a minha pessoa, Edmundo Zappe Filho, à minha lerdeza, à minha falta de tino para uma série de coisas, como as garotas, por exemplo. Olha, se eu fosse um carro, nem sabia se, naquele assunto, eu podia me considerar cumprindo uma rota. Eu era, de verdade, um veículo zero quilômetro. Tem uns caras que eu conheço que não eram mais (sempre lembrando que tinha aqueles que mentiam que pisavam no acelerador, mas todo mundo sacava que ainda estavam tentando dar a partida). E eu ficava naquela, estacionado. Só pensando na Lara.

Putz, a Lara.

Era tudo muito estranho naquele lance. A gente se conhecia da escola, não éramos assim tão amigos, mas a gente se gostava. Não é que se gostava de se amar e tal, a gente simpatizava um com o outro. Pelo menos era o que eu achava, porque, quando passava por mim, Lara sempre dava um sorrisinho, tipo um "oi", que eu achava diferente. É, a gente saca essas coisas. Não éramos íntimos, não tínhamos altos papos. Um estava sempre no radar do outro, embora tivéssemos lá nossas diferenças. Ela era simpática, despojada, divertida, enquanto eu era um cara mais na minha, até meio seção. Por isso, preferia confiar naquela máxima de que os opostos se atraem. "Confiava", o que era meio diferente de "acreditava", veja bem.

A Lara também era, naquele tempo, um dos motivos de eu subir ao sótão e passar um tempão ali. Ela morava do outro lado da avenida, bem em frente à minha casa. Dali conseguia vê-la quando a janela do seu quarto estava aberta. Eu não era um maníaco, um *voyeur* ou coisa parecida. Diria que eu era apenas um adolescente. E os adolescentes, você bem sabe, têm dessas.

Eu tinha dezesseis anos e sabia poucas coisas sobre mim mesmo: que eu havia crescido doze centímetros no ano anterior, vítima do tal estirão, o que me impedia de ficar confortável no meu canto – não era mais possível manter as pernas esticadas no sótão; que o meu corpo estava sendo infestado por pelos – ah, os pelos! É só isso que tenho a dizer sobre eles: ah, os pelos! –; e que, por fim, eu odiava a escola. Eu era um aluno mediano e não fazia ideia de qual seria meu futuro, apesar do blá-blá-blá todo que já comentei. Além disso, eu sabia que alguma coisa estava mudando aqui dentro, mas só.

E, claro, também sabia que eu estava gostando da Lara.

Sobre esse último fato, tentei primeiro me enganar, e, vendo que era impossível, a missão passou a ser tentar enganar os meus colegas. Isso era preciso porque, diante de qualquer suspeita de um amor platônico na turma, o pessoal vinha sem dó zoar os sentimentos alheios. Coisa de gente cruel. Por isso, o esquema era ficar na miúda. Só que coração é coração, né? E a gente vacila e deixa escapar as pistas, como os olhares perdidos, os suspiros e os sorrisos idiotas.

Foi isso que rolou. E quando o assunto se tornou público, não saiu mais da pauta do grupo de troca de mensagens que eu tinha com os moleques. Dia e noite ficavam apertando a minha mente: "Vai lá, Edinho! Chega na mina!"; "Você não é homem?"; "Tá esperando o quê, rapaz?"; "Daqui a pouco ela fica com outro". Era daí para mais os incentivos que me davam. Uns nem vale dizer aqui, sério.

É claro que vontade de me declarar não faltava. Mesmo. Juro. Cada vez mais. Mas o que eu devia falar? Que estava a fim dela? Que eu queria ficar com ela, beijar e tal? Não, não era fácil.

Até porque, além da timidez, tinha outro lance sério que precisava ser considerado: o velho Turíbio. No caso, o avô da Lara. Os dois moravam sozinhos, ele cuidava dela (eu nunca soube, na real, o que rolou com os pais da Lara) e era o maior casca-grossa das redondezas. E não apenas com a neta, de quem tinha muito ciúme, mas em relação a diversos outros assuntos referentes ao "convívio social", se assim podemos dizer.

Acho que até daria para passar batida essa questão toda, conviver em certa "paz" com o sujeito, não fosse um acontecimento ocorrido entre ele e meu pai no passado, quando eu ainda era criança. Era algo que guardávamos como uma espécie de segredo nosso dentro de casa e que elevava o estado de tensão naquele pedaço da rua que nos separava. Ou seja, eu devia saber mesmo onde eu estava me metendo (mas eu não andava querendo pensar tanto nas consequências das coisas).

Ninguém presenciou a cena. Foi meu pai quem contou, assim que chegou certa noite, após mais um dia exaustivo de trabalho. Depois de descer do ônibus a uns metros de nossa casa, foi caminhando pela calçada na escuridão – a prefeitura sempre relapsa quando a questão era a iluminação da nossa região – e se deparou com uma cena que o assustou: um homem caído no chão. Meu pai, é claro, paralisou onde estava, tentando analisar o acontecido. Ficou sem saber se passava reto ou se parava para prestar ajuda. Optou, como é bem a cara dele, por seguir e fingir que não tinha visto nada.

Só que, passos depois, percebeu que não estava só: alguém o observava. A sensação de perseguição tomou conta dele por alguns metros. Ao se aproximar do corpo estendido – temeu que o cara estivesse morto, pois não se mexia –, ouviu uma voz. A tal voz de trovão.

– Ei!

Meu pai parou. Voltou-se para o portão de uma casa, que estava semiaberto. Reconheceu no breu a silhueta corpulenta do vizinho. Nada falou, apenas ouviu.

– Finja que não viu o homem. Ele é problema meu, deixa que eu resolvo.

Meu pai engoliu em seco e assentiu com a cabeça. Só que ficou encarando o Turíbio, sem ação. O fato fez com que o homem levantasse a mão e sutilmente lhe apresentasse – foi o que meu pai jurou, tremendo, quando chegou em casa – uma arma. Algo brilhava na mão do vizinho. Meu pai tinha certeza de que era uma arma.

— Eu não quero que você seja um problema também, seu Edmundo.

O meu velho quase enfartou. Nunca tinham conversado e o homem até sabia o seu nome. Então Turíbio finalizou a conversa, antes de fechar o portão:

— Espero que estejamos entendidos. Tenha uma boa noite com sua família.

Seu Edmundo encarou o sujeito deitado no asfalto e vislumbrou que aquele poderia ser seu destino se insistisse em ficar ali. Correu para casa e chegou desesperado.

— Quero distância daquela família! — ordenou para todos nós naquele dia.

Todos obedecemos. Eu, pelo tempo que pude. Porque Lara... Ah, a existência dela foi me tomando de um jeito...

"Ed, você tá sabendo que a sua mina vai se mudar da cidade?" A mensagem surgiu na tela do celular como uma bomba. "Fica aí enrolando, moleque, vai perdê-la."

Só podia ser zoeira do Cabelinho para cima de mim (sim, o apelido dele era esse por conta do erro que um cabeleireiro fez na sua cabeça quando estava no quinto ano — aí ficou, né?).

"Para com isso, mano! Não brinca com essas coisas!", digitei.

"Edinho, se liga, minha mãe veio com essa, comemorando que todo mundo ficaria livre do Turibião. O homem colocou a casa para vender na imobiliária em que ela trabalha."

Fiquei paralisado.

E se fosse verdade? E aí, Edmundo, o que você deveria fazer?

Encarei a vista da janela do sótão. Lembro que a noite estava estrelada. Uma lâmpada iluminava a frente da casa da Lara. Naquele instante, por ironia do destino, nenhum carro cruzava a avenida que nos separava. O silêncio me atravessou, perturbando. Peguei um pedaço de papel e um lápis que ficavam ali, sempre ao meu alcance, para tentar organizar o que estava acontecendo. Escrevi: "Velocidade".

Naquele dia eu me dei conta de que precisava urgentemente decidir o que seria da minha vida a partir daquele momento.

Eu inventaria a minha história, fosse como fosse.

A que eu queria para mim.

E, de certo modo, foi o que eu fiz.

2
PORTA

A hora do jantar era sempre das mais doloridas para mim por conta do inevitável confronto. Sim, nunca em nossa família eu poderia considerar uma reunião como um encontro, e sim um confronto, pois o clima era péssimo.

Sentia-me um solitário. Na verdade, de certo modo todos éramos, mas, é claro, estávamos envoltos naquele discurso de uma família que se ama. Pura mentira: não havia troca, não havia diálogo, não havia olhares entre a gente. Ninguém parecia querer saber do outro. Meu pai, com aquele peso todo. Minha mãe, com o sofrimento dela. Meu irmão, tentando dar os pulos dele, já conseguindo fugir daquele ambiente estranho. E eu... tentando me encontrar, tentando me entender (e, de certa forma, entender qual era a de cada um ali na nossa teia).

Não era por acaso que eu gostava de ficar recluso lá no topo da casa pelo tempo que conseguisse.

Minha mãe subia até o segundo andar e chegava perto de uma escadinha que levava ao sótão para me chamar quando necessário. Ela vinha sempre cuidadosa, cheia de dedos, pois sabia que aquele era um campo minado e, independentemente do estado de espírito dos integrantes da batalha, a bomba haveria de estourar em seu colo. Imagino como era desgastante para ela manter-se no papel de conciliadora em nossa casa.

– Filho, logo o jantar vai ser servido, meu bem.

Ela avisava com certa antecedência a todos para que nos preparássemos para o único momento do dia em que precisávamos nos encarar, porque, segundo as regras da casa, o jantar em família era sagrado – o que me parecia uma grande ironia, não?

Naquela noite, antes de deixar o sótão, me despedi de meus amigos, que continuaram a troca de mensagens virtuais – afinal, celular à mesa era um dos pecados mais mortais aos olhos do meu antiquado pai –, e olhei para a casa da Lara. Alguma coisa me apertou o peito. Não por ela, mas por mim. Pensei: até quando eu iria me refugiar no sótão passivamente, descer quando fosse chamado, aguentar os achincalhamentos e ironias do meu pai, engolir em seco toda a comida, mastigando de boca fechada para manter a educação e depois ir dormir e, no dia seguinte, acordar, ir à escola, cumprir, cumprir, cumprir e mais cumprir?

Ser adolescente era uma droga, eu achava. Ok, essa é uma afirmação meio polêmica, nem tinha tanta certeza disso na verdade. Talvez, para algumas pessoas mais "velozes" que eu, não fosse assim tão ruim, mas que era terrível aquele negócio de ser tudo e não poder nada, era. E ainda mais com a impressão de que por dentro eu andava maior do que por fora. Comecei a achar que existia comigo um gigante que ninguém podia (ou queria) ver e a quem era proibido sair, opinar, sentir, desejar. "Você só tem dezesseis anos, aprenda a ouvir", dizia meu pai. Outras vezes, vinha com o papinho de "Você já tem dezesseis anos, precisa decidir o que quer da vida". *Peraí!* Eu só tinha dezesseis ou já tinha dezesseis? Decide, meu! Se muitas vezes eu me achava confuso, outras desconfiava que não: eram todos os outros que me deixavam assim. Confesso que meu grande medo era não ficar esperto a tempo de não me tornar um adulto imbecil. Nem todos são, mas existem muitos. A maioria. É, a maioria.

Eu via pelo meu pai mesmo, o adulto mais próximo a mim. Tinha pouco mais de cinquenta anos, só que parecia ter mais de oitenta, tamanho o peso que carregava consigo (e, olha, estou sendo generoso). Um sujeito envelhecido, tacanho, sem ambição, desejo. Vivia a cumprir, cumprir, cumprir – então, era bem pertinente o meu medo, entende? Trabalhou uma vida inteira como vendedor numa loja de sapatos no centro da cidade. Nunca conseguiu ser gerente e sempre culpou o dono da loja por isso. Todo dia chegava em casa bufando, reclamando de tudo o que podia: de ter que acordar cedo demais, do uniforme quente que precisava usar, dos clientes indecisos que pediam opções de modelos e ele tinha que subir e descer como um condenado do estoque para a loja e vice-versa, dos que não compravam nada, das piadas sem graça do chefe e de tantas outras coisas. Eu ficava me perguntando, na minha inocência infantil: se tudo era tão ruim, por que aguentou vinte e cinco anos naquela vida? Aliás, foi lá na loja que conheceu a mamãe, quando ela foi atrás de um sapato de festa para usar em sua formatura. Ele deveria, ao menos, lembrar-se desse fato, proporcionado pelo emprego, que – eu achava – tinha sido importante para a vida dele. Além de tantas outras coisas, como a possibilidade de ele ter comprado uma casa e conseguido sustentar uma família com dois filhos.

Fazia um ano que ele tinha sido demitido sob a justificativa de crise econômica. A rede de lojas em que trabalhava teve que reduzir as unidades, e grande parte dos vendedores foi dispensada por corte de gastos. Ficaram os mais jovens, é claro (ou talvez, penso eu, os que reclamassem menos). Ele recebeu uma boa grana pelo tempo de serviço prestado. Desde então, ficava em casa, só ruminando a demissão. Passava o dia inteiro comendo e enchendo o meu saco e o da mamãe. O do Elídio não, até porque ele era um tanto mais esperto do que eu (mas não pense que ele era daqueles seres que podem ser considerados supervelozes, não. O danado era bom de enganar todo mundo). E tinha outra: o Elídio era o filho preferido do meu pai. Juro que naqueles meus dezesseis anos ainda tentava descobrir o motivo. Não que eu quisesse ocupar o posto, longe disso. Mas papai se vangloriava dos feitos do seu filho mais velho, do jeito safo dele, de como era esperto, ágil, que tinha uma turma e tal, era querido por todos e, claro, porque trocava de garota a cada semana. Não sabia se isso era algo realmente estupendo, mas, perto de mim, com minha lentidão, ele conseguia ter lá seu brilho "a mais". Então, como Elídio estava vivendo "bem" a vida dele, os olhos se voltavam para mim sempre, sempre e sempre.

– Tá pronto o jantar, mãe? – perguntei, chegando na sala.

– Ainda não, Edinho. Espere aí com seu pai que já chamo vocês! – ela gritou da cozinha.

Nos encaramos em silêncio. Ele sentado no sofá, com a televisão ligada no telejornal. Com uma cara de que tudo de ruim que acontecia no mundo, e que o apresentador vomitava na nossa cara, era para ferrar a vida dele. Única e exclusivamente. Sempre que eu me pegava encarando meu pai, nem que fosse um instante, ficava todo arrepiado de pensar em tudo o que poderíamos ter em comum e eu ainda nem sabia. O que seria genética e o que seria escolha? Será que um dia ele tivera também um gigante dentro dele, assim como eu, e alguma coisa – sei lá, os padrões, o destino, a vida em si – o teria matado?

Será que o meu gigante corria o risco de ser morto também?

Já me bastava o nome. Sim, ele me batizou com o mesmo nome dele. Edmundo. Virei Edinho na família, apelido que, convenhamos, não me dava muita credibilidade. Odiava sentir que carregava um tanto dele e precisava muito, mas muito mesmo, me desprender. Me libertar. Eu precisava voar. Me permitir voar.

– É verdade o que seu irmão me contou? – ele resmungou.

Demorei a entender que falava comigo. Meu pai se dirigia a mim sempre falando meio que para dentro, sem conexão, mesmo quando vinha com um tom acusatório. Nunca me olhava nos olhos. Voltei-me para ele tentando entender alguma coisa.

– Sobre? – sim, minha opção sempre era ser monossilábico.

– Lá no colégio, Edmundo – ele nem sempre me chamava pelo apelido. – Que você fez lá o teste e tal. Teste do que você vai ser na vida.

Aquele assunto.

– Sei, o teste vocacional – completei.

– Exato. Me falou que você disse que queria ser escritor.

Cerrei o cenho tentando entender por qual motivo o Elídio tinha trazido aquela informação para ele. E mais: como a tinha descoberto?

– E qual o problema? – questionei.

O velho Edmundo Zappe, como de costume, me olhou com um sorriso debochado.

– Como assim, qual é o problema? De onde você tirou essa ideia?

Meu instinto era logo pedir desculpas e ir me justificando da besteira que eu poderia ter feito. Cumprir, cumprir, cumprir.

Aí, sabe no que eu pensei? Na Lara.

É, eu sei que foi meio fora de contexto, mas foi ela quem surgiu na minha mente. E na possibilidade de ela ir embora. E, se ela fosse embora, eu precisava fazer alguma coisa. E, se eu precisava mexer alguma peça de modo diferente lá com ela, o mesmo tinha que ser feito em outras situações. Como com meu pai.

Dei dois passos para a frente e levantei meu queixo, me impondo.

– Sabe, pai, eu acho que eu posso ser um escritor incrível.

Não, eu não tinha a menor certeza disso. Mas eu gostava mesmo de escrever. Sempre gostei. As palavras eram minhas companheiras. Como eu era muito confuso, acho que por meio das palavras eu conseguia, ao menos, organizar tudo que rolava aqui dentro. Eram frases e ideias que ocupavam meus cadernos da escola e papéis perdidos pelo meu quarto. Muitas vezes palavras soltas que me indicavam caminhos. Velocidade. Destino. Encontro. Ritmo. Eu. Elas davam chão para mim. Por isso que, por algum motivo, no dia do teste vocacional na escola, pensei nelas como um caminho para o futuro, aquele que me esperava à espreita.

Era um chute. Uma possibilidade. Uma hipótese.

– Por que não? – perguntei.

Meu pai se movimentou de maneira incômoda na poltrona. Certamente não esperava o enfrentamento. Ele não entenderia toda a minha viagem particular sobre a questão, mas, ainda assim, tentei explicar de uma maneira mais didática, digamos.

– Eu sempre gosto de colocar no papel as minhas ideias, acho que vou conseguindo compreender o mundo, as coisas que acontecem, as pessoas. É uma maneira de me organizar. Então, pensei que pudesse ser um caminho para a minha vida. E, além do mais, sempre fui um bom aluno em português e...

Ele não me deixou terminar. Já tinha falado demais.

– Para de bobagem, Edmundo! A gente está numa situação difícil, precisando de dinheiro, você já tem idade para trabalhar e fica com essas fantasias todas, moleque? Onde já se viu ser escritor?

Algo dentro de mim queria avançar nele. Era o gigante. Contive-me porque sabia que não podia. Só que, ao mesmo tempo, não queria mais ficar calado.

– E você quis ser alguma coisa na vida, pai? Desejou? Ou fez o que todo mundo mandou? Porque, pelo jeito, não deu certo o seu caminho, né?

Ok. Eu não entendi como falei aquilo. Nem sei se saiu daquele jeito mesmo ou se foi a maneira que registrei, porque era tudo o que eu sempre quis dizer. Seja como for, quando fechei a boca, percebi que os olhos dele me fuzilaram como nunca. Levantou-se bem devagar da poltrona e ficou estático, talvez pensando no que deveria fazer comigo. Eu me mantive firme.

– Você não me orgulha em nada! – me falou.

– Nem você! – retruquei.

Quando dei por mim, mamãe estava diante de nós, olhos assustados e mãos à boca. O embate tinha deixado de ser velado e agora estava escancarado. Em nenhum momento abaixei a cabeça. Meu pai desabou no sofá numa ladainha sem fim. Não conseguira me enfrentar.

– Nice, quanta decepção! Esse moleque, esse nosso filho. O que a gente fez de errado? Fica lá naquele sótão, sabe lá fazendo o quê... sem gente, sem amigos. "Sujeito estranho", todo mundo comenta... É uma vergonha, Nice! O que a gente fez, hein?

Eu acompanhei boa parte daquela cena atordoado, em silêncio. Cada palavra que ele dizia vinha como uma facada no meio do meu peito, mas àquela altura eu não podia mais aceitar tudo aquilo. Quis chorar como há muito tempo não chorava, mas me segurei, porque, caso as lágrimas escorressem pelo meu rosto, ele teria mais um motivo para dizer coisas sobre mim. Até porque, como ele sempre me dissera, homem não chora.

Instintivamente, meus passos começaram a me levar para o segundo andar, num desejo automático de me proteger no sótão outra vez. Mas, ao começar a subir a escada, com o pé no primeiro degrau, estanquei. Eu não deveria me fechar no casulo outra vez. Não mesmo.

Então, virei-me de costas e atravessei a sala correndo em direção à porta, sem dar qualquer satisfação aos meus pais, que continuavam no sofá.

– Aonde você vai, Edinho? – pude ouvir minha mãe gritar. – Volta aqui, filho!

A porta se fechou com força atrás de mim. Meus pés se equilibravam no meio-fio. Eu diante da avenida. Carros, caminhões e motos cruzavam por mim, ignorando não apenas minha presença física, mas tudo o que explodia em minha alma, mente e coração. Seria eu tão terrível daquela maneira como meu pai dizia? Será que eu não servia para nada mesmo? E, se assim fosse, eu poderia ao menos mudar?

Ou seria melhor...

Fechei os olhos e pensei em qual palavra podia ser o fio de um pensamento que me faria entender tudo. Não a encontrei. Se eu desse um passo à frente, de repente, todos os meus problemas acabariam.

Será que alguém se importaria com o meu desaparecimento?

Tudo estava doendo dentro de mim. Nunca esqueci tal sensação. Eu não estava dando conta. As coisas, com o tempo, iam piorando. E era estranho.

Eu já não era mais o menino obediente, carinhoso, carismático, de quem todos gostavam. Agora eu era aquele desengonçado, confuso, perdido.

Eu não aguentava mais.

Minha casa.

Meus pais.

Meu jeito.

Meu pensar.

Isso de cumprir tudo.

Fechei os olhos sem saber o que realmente eu queria.

Senti o vento trazido por um ônibus em alta velocidade me chacoalhar por completo.

Era agora ou nunca.

3
MENTECAPTO

– Edinho?

Abri os olhos com um chamado distante.

A avenida estava vazia. Nenhum veículo. O caminho completamente aberto para ela diante de mim, na outra calçada, pendurada no muro de sua casa com o rosto pouco iluminado por uma lâmpada que parecia não querer funcionar.

– Você está bem? – Lara quis saber.

Respirei fundo, saltei para o asfalto e corri na direção dela. Em segundos, estávamos os dois frente a frente, um tanto incertos e surpresos com aquele encontro.

Diante dela, recuperei a esperança que, segundos antes, duvidara ainda existir. Recuperei o vigor, a potência. "Potência", escrevi mentalmente dentro de mim. Recuperei-me com o sorriso que ela me oferecia. Era isso que ela me causava. Ela me fazia viajar por um lugar ainda desconhecido dentro de mim, onde existiam arrepios, sabores, pensamentos, vibrações que ainda não era capaz de nomear. Precisava encontrar a palavra certa em que me segurar.

"Lara", essa era a palavra, e dizia tudo.

Que maluquice era aquela que ela me causava apenas por estar ali na minha frente?

Ficamos em silêncio por alguns segundos. Nossa respiração ofegante tomava conta de tudo. Eu sorria, ela também, e eu ficava pensando se ela estava sentindo coisas semelhantes às que eu ia identificando pouco a pouco dentro de mim. É claro que eu não perguntaria a ela, assim, na lata, a possibilidade sobre nós. Era uma chance que se apresentava? Era. Ah, sei lá. Mas que ela tinha gostado de me ver, tinha. Agora só me restava saber o que fazer com aquilo.

— O que você estava fazendo de olhos fechados na beira da avenida a essa hora, hein? — me perguntou, quebrando o gelo.

— Tomando um ar — respondi, o que não era bem uma mentira.

— Lugar perigoso para tomar um ar, Edinho.

— Pois é, a gente precisa assumir riscos.

— Que papo é esse?

– Nem eu sei, Lara. Ando meio confuso.
– Ah, é?
– É.
E então ela ficou me olhando, quase que me analisando. Fiquei sem graça.
– Você não sente confusão, não? – questionei, quebrando o silêncio.
– Até sinto. Às vezes.
– Sobre o quê?
Ela sorriu, tímida.
– Coisa minha, Edinho. E você, tá confuso com o quê?
– Com tudo.
– Tudo?
– Simplesmente tudo, Lara. Como é difícil crescer!
– Isso é uma verdade. Mas quando sinto umas coisas assim, converso com minhas amigas.
– Os garotos não conversam.
Ela ficou pensativa com o que eu disse. Eu já tinha sacado isso há um tempo e achava bem estranho. Os meninos conversavam menos sobre seus sentimentos do que as garotas.
– Nossa, isso é uma verdade. E aí, o que vocês fazem?

– Não sei os outros. Eu procuro palavras. É um jeito de nomear o que tá aqui dentro.

– E qual é a palavra de agora?

Amor, pensei.

– Medo – disparei.

Ela ficou surpresa com a resposta. Desviou o papo.

– E você já escreveu um livro?

– Não sei se sou capaz – respondi. Logo saquei que não era a resposta que queria dar. Então, me corrigi. – Na verdade, ainda não. Escrevo coisas aleatórias, pensamentos, pequenos textos. Não sei bem o que são.

– Que talento! – ela exclamou.

– Talento? Mas você nunca viu nada que eu escrevi.

– Ah, mas você tem cara de ser talentoso.

Ah, eu gostei de ouvir aquilo. Percebi que era isso que fazia com que Lara causasse alguma coisa em mim: ela, de certo modo, me via. Mesmo que não fôssemos amigos íntimos, sempre que eu passava, Lara me via. Ela me fazia existir. E ficava supondo coisas sobre mim, talvez pudesse se interessar por coisas que eu fizesse ou, quem sabe, até pelo que um dia eu viesse a escrever.

– Um dia vou escrever algo para você – prometi. – Aí você vai poder dizer se eu sou talentoso ou não.

Surpreendi-me com minha promessa. Achei muito ousada para o Edinho que eu era.

– Então, vai compartilhar comigo suas confusões? – ela riu.

– Quem sabe você não pode me ajudar... – e aí fiz uma pausa para fechar com chave de ouro: – ... numa delas.

Lara arregalou os olhos. Eu não, fingi normalidade, embora uma frase daquelas também não costumasse sair da minha boca. Ou melhor, nunca havia saído. Eu andava dizendo coisas inimagináveis...

Será que eu tinha sido rápido demais?

Era aquilo: tudo uma questão de velocidade. Talvez fosse preciso.

Lara ficou sem graça e, então, em silêncio outra vez. Os motores atrás de nós surgiam como trilha da cena. Antes de avançar para qualquer assunto, eu precisava de fato descobrir se a história da mudança dela para outra cidade era mesmo verdade.

Mas não consegui fazer a derradeira pergunta, pois um estrondo me interrompeu. Dessa vez não vinha de nenhum veículo na avenida, mas de dentro da casa dela. Tomamos um susto simultâneo, demos um salto e nos acolhemos na tentativa de garantir proteção. Corremos para longe da porta, para um lugar mais escondido, onde não pudéssemos ser vistos. Até então não havíamos trazido à consciência o risco de sermos flagrados pelo avô dela.

Quando me dei conta dessa possibilidade, minhas pernas bambearam. Olhei para Lara apreensivo e ela retribuiu o olhar com a mesma tensão. Iria sobrar mesmo para nós dois. Então, senti uma das mãos dela avançar sobre a minha.

– Acho melhor você ir – me pediu.

Eu também achava, é claro, mas ela me prendia ali, eu sentia que queria que eu ficasse. Seu toque me deixou na maior adrenalina. Quis beijá-la como nunca antes, mas jamais faria aquilo assim do nada. Por instantes, esquecemos tudo e ficamos nos observando, alheios ao que podia acontecer ao nosso redor.

E esse foi nosso grande erro.

– Ê! Mas o que está acontecendo aqui?

Uma voz forte ressoou na escuridão. De imediato, não pude ver de onde vinha, diante de mim só o breu – aquelas luzes que nunca, nunca funcionam!

A mão de Lara apertou meu braço e logo depois soltou. Percebi ela se afastar, me deixando sozinho.

– Vô? – ouvi ela dizer.

Desesperei-me. Lembrei do homem estendido no chão que meu pai vivia a lembrar com terror, um mistério nunca revelado e nunca comentado com ninguém nas redondezas. Teria o velho dado seu jeito? Se ele conseguiu isso, daria o seu jeito comigo também. Então, para não ter o mesmo destino, tinha que sumir dali imediatamente.

– Já estou indo aí, vô – disse Lara e eu ouvi seus passos apressados. Para não ser visto, preferi me recolher mais ainda no canto em que estava. Mas o velho era ligeiro.

– Era aquele moleque aí da frente que estava contigo, Lara? O filho do Edmundo?

Não ouvi nenhuma resposta dela, nem que sim nem que não, o que me deixou preocupado. Segundos depois, tentando me encolher ao máximo, o homem corpulento, com seus bigodes fartos e sua cara de poucos amigos, surgiu diante de mim.

– Seu atrevido, seu maluco... – ele tentou avançar para cima de mim, mas consegui escapar, meio cambaleando. Ele não desistiu, mas eu corri, corri mesmo – parecia que eu estava participando de uma maratona. Ele não estava para brincadeira e eu deveria ter considerado isso quando resolvi "arriscar".

Mais distante – sem saber se deveria encará-lo, assumir meu amor por Lara, ou fugir –, ouvi um último ataque.

Não entendi muito bem o que ele disse.

– Seu mentecapto!

Foi o que eu entendi: mentecapto!

Mentecapto? Aquilo se fixou em mim.

Eu não estava na posição mais privilegiada, é verdade, deveria fazer alguma coisa, revidar, assumir minha nova personalidade, mas algo naquela palavra meio perdida, mas dirigida a mim, me travou.

Mentecapto.

Seria isso mesmo?

Eu que vivia em busca delas para expressar meus sentimentos, fiquei em dúvida se já tinha ouvido aquela. Talvez sim, em algum momento, mas estava perdida em algum lugar do meu vocabulário e voltou à tona, veloz como ela deve ser, de repente.

Mentecapto.

Senti como uma palavra bonita, ao mesmo tempo pomposa, mas que parecia um palavrão. Deveria ser mesmo, sendo dirigida daquela maneira a mim, que estava numa situação muito desfavorecida.

Antes que Turíbio despejasse de outras maneiras sua raiva contra mim, Lara foi eficiente e conseguiu chamar a atenção do avô, provavelmente contando-lhe uma mentira deslavada. Ela devia ser boa naquilo, talvez tivesse prática – imaginei que ela já devia ter precisado se livrar de poucas e boas vivendo sob o olhar vigilante dele o tempo todo.

Ainda tentando entender o que tinha acontecido, percebi o caminho livre, me recompus e corri na direção da minha casa.

Eu estava tão interessado em escapar dos olhos do homem a qualquer custo que demorei a perceber que a confusão que ele tinha feito havia chamado a atenção da vizinhança – que, de certa maneira, sempre ficava esperta para qualquer movimento diferente na casa de Turíbio, já que sabiam que o que vinha de lá era, na certa, dor de cabeça para todos ao redor.

Quem também teve sua atenção despertada foi Elídio, que chegava bem naquele momento para o jantar. Em vez de me salvar, aquele traste avançou para dentro de casa e avisou meu pai sobre o que estava acontecendo. Sim, ele fez isso.

Depois de uma corrida trôpega, em que fiquei remoendo a confirmação da partida de Lara, alcancei o portão de casa. Mas, para meu azar, lá estavam meu pai – com a cara mais terrível que eu poderia encontrar –, minha mãe – assustadíssima – e meu irmão – com aquele maldito ar superior de vitória. Encarei os três e me voltei para o outro lado para ver Lara. Ela estava agarrada ao avô, tentando impedir que ele fosse atrás de mim. O velho continuava dizendo impropérios e fazendo ameaças:

– Edmundo, eu vou embora, mas continuarei de olho no seu filho de onde eu estiver. Ele precisa de um jeito e, se você não der, eu mesmo dou!

Eu não sabia para que lado fugir. Estava perdido, fosse para lá ou para cá.

Mas esses talvez fossem os riscos que eu queria viver a partir daquele momento.

4
DESTINO

Não dava mesmo para entender. Antes de eu sair de casa, naquele rompante de ódio, meu pai me destruíra pelo fato de eu não ter, digamos, uma vida interessante. Para ele, eu até então era um moleque esquisito, que precisava se enturmar, sair daquele sótão, conviver com mais pessoas, ter uma namorada. Em resumo: ser um "homem" de verdade. Bastaram pouco mais de trinta minutos para eu conseguir cumprir, a meu ver, alguns daqueles tópicos exigidos, como (1) ir para o mundo; (2) chegar numa garota; e (3) arranjar uma briga. Mas o que recebi em troca não foi nenhum tipo de apoio ou elogio.

– Esse moleque só me traz problemas! – gritava meu pai do lado de fora da casa, no quintal. Eu sabia muito bem que ele guardava um pavor danado do Turíbio, e era isso que o deixava naquele estado. Elídio permanecera ao seu lado, falando coisas para acalmá-lo.

Eu já não sabia o que estava sentindo.

Qual palavra definia tudo aquilo.

Raiva.

Ódio.

Explosão.

Força.

Orgulho.

Medo.

Eu tentava decifrar.

Claro, também tinha medo, muito medo. Mas, ao mesmo tempo, carregava um certo orgulho sádico sobre o meu feito e estava adorando ver a cara do meu pai daquele jeito. Mamãe, por sua vez, me sentara no sofá para uma conversa.

– Fica tranquilo, tudo vai ficar bem, Edinho – tentava me consolar. – Seu pai está numa fase ruim, é só isso.

– Mas isso é problema dele – rebati.

– Não fala assim, filho.

– Falo sim! Se ele não conseguiu segurar aquele emprego, se está infeliz, se fez tudo errado na vida dele, isso não é problema meu.

Minha mãe se assombrou com meu jeito de falar. Claro, não me reconheceu.

– É isso mesmo que você acha do seu pai, meu filho?

Eu não conseguia mais segurar. Anos e anos guardando um monte de coisas dentro de mim.

– A gente só tem o nome igual, mas cada vida é de um jeito, mãe. Eu acho esta vida que vocês levam muito infeliz, não é o que eu quero, não mesmo, esta tristeza toda...

Ela me olhou com pena. Mas sabia que eu tinha razão, pois transbordava dor ao se reconhecer na minha fala. Talvez estivesse passando um filme na cabeça dela. Continuou me ouvindo em silêncio. Eu estava com a voz embargada, mas havia prometido a mim mesmo não chorar.

– Mãe, eu ando achando que eu sou maior do que isso, sabe? – confessei.

O tal gigante. Aquele estranho sentimento que eu andava guardando dentro de mim. Ela certamente não entendeu o que eu queria dizer. A única coisa que conseguiu fazer foi me puxar para seu colo e afagar meus cabelos. Tudo bem. Ela, com seu jeito único, conseguia me tranquilizar. Me senti um menino pequeno outra vez. Por pouco tempo, pois foi bem naquele instante que papai avançou pela sala vindo do quintal, seguido por Elídio.

— Como a gente vai colocar a cara lá fora agora, Edmundo? — encarou-me desesperado. — Só eu sei como aquele sujeito é perigoso. Eu vi a coisa terrível que ele fez naquela noite. Só eu sei. Deu um sumiço no homem, nunca mais se falou nada sobre o assunto. Quem você acha que vai ser o próximo alvo?

— Eu? — perguntei sem pensar.

Ele me encarou. Você acha que ele estava preocupado comigo?

— Não! Pode ser que seja eu.

Essa era a preocupação daquele medroso. O que poderia acontecer com ele. Eu só lhe arranjava problemas. Naquele instante, cheio de raiva, queria lhe dizer um monte de coisas, mas preferi evitar um conflito ainda maior. Só consegui dizer algo para tentar acalmá-lo:

— Eles vão se mudar daí, pai. Agora sua vida vai ficar boa.

Papai sacou a ironia. Foi impossível segurar, eu estava realmente diferente. Então, avançou para cima de mim, mas mamãe, rápida, impediu uma possível tragédia. Elídio também segurou o braço de papai, puxando-o para trás outra vez.

— Então, se isso é mesmo verdade, vamos pensar num jeito de fazer o Turíbio esquecer o Edinho até ele sair aqui da vizinhança — sugeriu Elídio.

— Como, se agora ele está de conversinha com a neta do homem? — questionou papai.

— Ela estuda comigo na escola, pai. Sempre conversamos — argumentei. — E outra: você não queria que eu arranjasse uma namorada? Que eu ficasse com as meninas e tudo o mais?

A cada frase que eu dizia papai tomava como uma provocação. E, na verdade, era mesmo.

— Não brinca com coisa séria!

— E o doido do tio Franco? — soltou Elídio, assim do nada.

Mamãe estranhou.

— Do que você está falando, filho?

Então, meu irmão desenrolou uma ideia que acabara de ter e que, de certo modo, resolveria o problema do meu pai. O problema que eu havia arranjado.

— Manda o Edinho lá para a casa dele. O moleque não tá de férias? Ficar zanzando por aqui vai nos trazer mais problemas. E, além do mais, o homem não vive sozinho? Bota ele para cuidar desse aí. Na verdade, os dois se cuidam, porque o tio já deve estar gagá. Eu lembro que ele elogiava o Edinho, dizia que eles eram iguaizinhos. Então, resolvido!

Ouvi tudo aquilo com surpresa. Aonde Elídio estava querendo chegar com aquela história? Encarei-o com aquela questão na face e ele deu um sorrisinho esperto de quem provoca: "Gostou?". Não sabia qual era a dele: se era uma provocação, se estava zoando, se era uma proposta séria. Naqueles poucos instantes, consegui fazer uma viagem no tempo.

Minhas lembranças de tio Franco eram esparsas, mas fortes (eu nunca fui bom de memória, mas muitas coisas ficam marcadas). Fizemos poucas visitas a ele, mas me recordo de tudo com muito carinho. Como a vez em que ele nos recebeu no apartamento enorme em que morava. Apesar de ser tio do meu pai, tinha um carinho muito grande por mamãe e gostava de agradá-la. Papai, assim como o resto da família, vivia falando mal dele, por causa do seu jeito e das vergonhas que fez todos passarem. Era o que diziam, mas nunca soube quais eram as vergonhas, pois tudo era dito em códigos, às escondidas. Mas, na minha mente, a imagem dele sempre se fez imponente, poderosa e nunca entendi muito bem o motivo de tamanha rejeição. Aquela barba branca, os óculos de aros grossos, o terno claro e o chapéu-panamá. Eu me sentia bem ao lado dele, é verdade. E tio Franco vivia mesmo dizendo que éramos parecidos, como Elídio bem havia lembrado.

– Que ideia mais sem sentido, meu filho! Não tem por que o tio Franco ficar uns tempos com o Edinho.

Meu irmão ignorou mamãe e voltou-se ao meu pai, que ouvia toda a ideia atento.

– O que acha, pai? Não seria uma boa despachar o Edinho pra lá? Aí o Turíbio esquece ele, a gente consegue ficar mais um tempo em paz e, você vai ver, não vai dar problema nenhum.

Era óbvio que papai nunca iria concordar com aquilo, diante das inúmeras críticas que fazia ao tio Franco. Isso me tranquilizava, pois eu não podia sair de jeito nenhum dali de casa, mesmo com um possível ataque do Turíbio, porque tinha, mais do que nunca, algo para resolver com a Lara – e agora com urgência, diante da possibilidade de sua partida.

– Não sei, Elídio. Tio Franco, você sabe, é… meio… sei lá.

– Não fale assim dele, Edmundo – cortou mamãe. – Ele sempre foi um homem bom para a gente. Apesar de tudo.

Papai pareceu não gostar da contestação incisiva de mamãe.

– Ah, é? "Homem bom"? – disse, antes de se voltar para meu irmão. Talvez por birra, deu um veredicto para mim inesperado: – Então, meu filho, acho que pode ser uma boa ideia. O "homem bom" – enfatizou ironicamente – poderia mesmo ficar um tempo com o moleque até a turbulência passar.

– Ei, você não pode fazer isso! – retruquei.

Meu pai me encarou desacreditado do meu revide. Elídio, é claro, não ajudou.

– Vixe... – ele deixou "escapar" naquele momento.

Olhei para mamãe em busca de acolhimento.

– Calma, meus amores, calma! Vamos pensar num melhor caminho para resolver essa situação – ela chegou até mim, me afastando o máximo que pôde do meu pai. – Elídio, meu filho, o tio Franco talvez não seja a melhor pessoa...

Antes que ela terminasse, meu pai tomou a palavra outra vez. Ele também não sabia o que fazer, mas a verdade era que queria mesmo qualquer forma de me tirar dali. Diante da situação, sentiu que o momento era de se colocar como o homem da casa.

– Solta ele, Nice – ordenou.

Mamãe obedeceu. Saiu da minha frente, abrindo caminho para ele chegar até mim. Meu pai me encarou, mas eu não abaixei a cabeça em nenhum instante. Olhamos um nos olhos do outro, e eu tentei decodificar o que se passava ali dentro. Foi difícil, não entendia o que o homem sentia. Mas o certo é que tentava disfarçar, fosse o que fosse.

Agora era eu e ele. Ele e eu.

– Você vai embora daqui – determinou. – É o que eu quero.

O problema dele é não saber como lidar com meu gigante.

– Mas, Edmundo... você não acha que... – minha mãe tentou, em vão, entrar na conversa.

– Ou é para a casa do tio ou é para outro lugar – respondeu. – Vou deixar você decidir, Nice. Mas aqui é melhor esse moleque não ficar.

Mamãe olhou para mim, abaixou a cabeça e concordou com meu pai.

– Talvez seja bom mesmo, filho – depois ponderou: – Faz tempo que a gente não vê o tio Franco.

Acho que o Edinho tinha uns nove ou dez anos quando esteve lá na casa dele pela última vez.

– Acho que não custa tentar, mãe – insistiu Elídio na ideia.

Ela sorriu sem graça para meu irmão.

– Claro, Elídio. Você tem razão – e depois olhou para mim com um misto de pena e alívio. – Talvez o tio Franco fique feliz de passar uns tempos com você, filho.

Eu não estava acreditando naquilo. Os três pareceram aliviados com a solução. Como se tudo estivesse resolvido, mamãe pediu que ocupássemos nossos lugares à mesa, pois o jantar, que estava um pouco atrasado, sairia em instantes. Meu pai, já sentado e reclamando de fome, pensava alto para todos ouvirmos:

– Amanhã cedinho ligo para tio Franco. Ele vai adorar essa surpresa! Vai mesmo!

Vi papai se servir com a cara fechada e Elídio cutucar a carne dentro da travessa com o próprio garfo. Senti-me enojado. Eu não fazia parte daquilo. Estava sem fome, queria sumir.

Era isso.

Eu precisava sumir.

5
CONTATO

Deu tudo certo. Para eles, não para mim. Não adiantaram todos os protestos, as ameaças de fuga, um pedido de perdão por aquele momento de fraqueza nem as promessas de retomada repentina de obediência. Tudo, é claro, feito com total consciência da minha parte, planejadíssimo, e não pelo real desejo de voltar a ser quem eu era. Eu tinha dado um passo e tanto, e, mesmo diante das consequências inesperadas, seria uma imensa covardia da minha parte voltar atrás. Tanto tempo desejando ter aquela coragem – mesmo que eu não soubesse bem daquilo… por isso, conseguir me aproximar de Lara tinha sido um grande avanço. E a distância dela era o assunto que me preocupava naquele momento. Assim, todas as manobras eram justificáveis para que eu não fosse enviado para a casa do tio Franco por aquele "tempo indeterminado", mesmo que desconfiasse que aquele poderia ser um período bacana para mim.

Então, dois dias depois daquela fatídica noite, me vi terminando de arrumar a mala, com camisetas, bermudas, calças, chinelos, meias, cuecas e meus assessórios de higiene. Era o que me bastava, porque entretenimento não me faltaria em minha hospedagem. Pelo que me lembrava, a casa de tio Franco era abarrotada de livros, revistas, filmes e coisas culturais. Ele era um cara intelectual, cheio de ideias, tinha uma vivência – e, com isso, um repertório – muito diferente de tudo aquilo a que eu tinha acesso. Isso justificava o abismo que o separava do resto da família – fora os tais fatos obscuros nunca falados abertamente pelos Zappe.

Deixei meu quarto temendo que, ao retornar, sabe-se lá quando, a casa da frente já estivesse ocupada por outra família. Elídio me esperava na porta de casa girando a chave do carro em seu dedo indicador, demonstrando certa pressa. Ele que me esperasse o quanto fosse, não me importava. Afinal, não podia ficar nem um pingo contrariado com a incumbência que recebera de me levar, porque a "grande ideia" de me mandar para tio Franco tinha sido dele. Tudo fora articulado pela minha mãe nas últimas quarente e oito horas, num período que eu tinha sido encarcerado no meu quarto para evitar ser visto por Turíbio, que, pelo pouco que ouvi das conversas, ficou rondando nossa casa. Mas não sei o quanto isso era verdade. Papai também não saiu de dentro de casa, e foi o Elídio – o safo! – que ficou incumbido de cumprir os compromissos na rua, como fazer o mercado, ir à farmácia, ao cartório, correio e coisas do tipo. Pelo que também fiquei sabendo, meu tio tinha ficado surpreso com o pedido da minha mãe, mas feliz com nosso reencontro. Não sei mesmo se ela lhe contou os reais motivos daquele exílio instantâneo. Imagino que tenha rasgado aquela seda para o velho, dizendo que o admirava tanto e que seu menino – no caso eu – estava morrendo de saudades. Aí o coração dele amoleceu e, para fazer com que abrisse as portas de sua vida para mim, não foi preciso muito mais. Ou seja, foi uma linda forma que todos encontraram de conduzir a minha "expulsão".

Antes que eu alcançasse meu irmão, mamãe me puxou pelo braço, fazendo uma série de recomendações:

– Edinho, juízo, viu? Ah, meu filho, você era tão comportado, nunca me trouxe problemas e agora deu de fazer umas coisas que não reconheço. Então, respeite o tio Franco, que ele sempre foi bom demais para a gente e está sendo mais uma vez. Cumpra os horários, não faça bagunça, tenha paciência com ele e o ajude em tudo o que ele lhe pedir, por favor. Não deixe que este rebelde que despontou tome conta de você. Edinho, você é um bom menino, é desse jeito que todo mundo gosta de você.

Ela não ia parar tão cedo com aquela lenga-lenga. Elídio logo tratou de intervir.

– Vamo, mãe, já tô atrasado! Depois tenho um monte de coisas pra fazer.

Eu não consegui segurar o riso. Elídio era patético, mas a sorte dele é que falava aquelas coisas absurdas com seriedade. Os compromissos a que se referia provavelmente seriam: encontrar os amigos no bar e jogar a boa e velha sinuquinha. E depois dizia que tinha ficado o dia inteiro procurando emprego. Ele fingia de um lado e, do outro, todos nós fingíamos acreditar, e assim a vida seguia.

Mamãe então obedeceu e, antes de eu partir, me abraçou e deu sua costumeira bênção. Parecia que eu iria viajar para o outro lado do mundo por décadas, mas – até onde eu sabia – seriam apenas alguns dias ali, no centro da cidade, talvez a uns doze quilômetros de distância de casa. Por fim, ela enterrou um pote de geleia de morango nos meus braços.

– Mando este agrado para o tio. Eu sei que ele ama essa geleia que eu faço.

Parti da nossa casa naquela manhã sem ver o rosto de papai. Ainda assim, deixei uma provocação:

– Por que papai não veio se despedir de mim? Mande um abraço forte para ele.

Minha mãe abaixou a cabeça, sem saber o que responder. Se bem que eu também não queria mais nenhuma resposta. Virei as costas e saí pela porta, deixando Elídio para trás, seguindo na direção do carro que estava estacionado bem em frente da nossa casa.

Acomodei-me no banco do passageiro. Olhei para o horizonte e senti que eu tinha conseguido algo importante na minha vida, mesmo ainda sem saber o que era. O caminho estava, de certo modo, aberto para mim. Fiquei nesse pensamento por alguns segundos, num misto de sentimentos contraditórios. Mas eu me dei conta de que, de alguma forma, agora a responsabilidade estava toda comigo. E eu precisava honrar isso.

Logo Elídio tomou seu posto como motorista. Não trocamos uma palavra sequer. Colocamos nossos cintos de segurança e ele enfiou a chave na ignição. Voltei meu olhar para o outro lado da rua com um sentimento dúbio, um medo com uma saudade antecipada e o desejo de ver Lara ali se despedindo de mim, o que eu sabia que não passava de uma grande ilusão da minha parte.

Elídio, que já tivera a minha idade (e eu imaginava que já tinha vivido sentimentos confusos por uma garota, embora nunca tivéssemos compartilhado nada sobre o assunto), sacou meu olhar vago na direção da casa vizinha e até esperou uns segundos antes de acelerar.

– Tá gamadão mesmo o bichinho – comentou com um riso frouxo.

Como ela não estava lá, autorizei com a cabeça a partida, e, assim que ele ligou o motor, fomos surpreendidos com uma batida forte na janela do carro. Evidentemente, achamos que tínhamos sido vítimas de uma tocaia do vizinho e nos abaixamos para nos proteger do ataque.

— Edinho, espere! – ouvi.

Não acreditei. Ao voltar o olhar para o lado de fora, Lara estava diante de mim. Elídio, para minha surpresa, em vez de acelerar, freou e abaixou o vidro do meu lado apertando o botão elétrico que ficava na porta dele.

— Lara? O que foi?

— Nada, eu só precisava te entregar isto.

E então ela jogou um papelzinho no meu colo e deu meia-volta, na direção contrária à que seguiríamos. Eu estava sem entender tudo aquilo. Elídio, sem nada dizer, encarou o bilhete, também curioso pelo conteúdo.

Receoso, tomei o papel nas mãos e encontrei um número de telefone.

Meu irmão conseguiu ver o recado e apenas me disse:

— Eu não vou contar isso para ninguém, moleque. Mas fica esperto para não fazer bobagem.

Assenti com a cabeça, e assim partimos pela grande avenida. Pelo retrovisor, vi que Lara nos observava, até o momento em que desapareceu do alcance dos meus olhos.

6
PULSAR

A vista do apartamento de tio Franco era indescritível. Eu me lembrava da sensação de fascínio ao me debruçar naquele parapeito quando lá estive pela primeira vez. Ali, entendi o quão grande era o mundo. Não que de lá eu pudesse ver tudo o que existia no planeta, mas para os olhos de um menino eram muitos prédios, janelas, muita gente pequenininha circulando pelas ruas, carros, tanto céu, tanto, tanto…

Desde que eu havia chegado para minha estada, a grande janela da sala se tornara meu lugar preferido. A paisagem me inspirava porque, de certo modo, me informava que, talvez, meu gigante pudesse ter um lugar, ter espaço para se descobrir e percorrer novos caminhos. Para viver do jeito que queria. Que precisava. O mundo era mesmo maior do que eu conhecia dentro daquele sótão e, aos dezesseis anos, talvez eu pudesse ensaiar meus primeiros passos para ir além. Então, logo entendi que minha temporária expulsão de casa seria providencial, mas eu nunca imaginaria o quanto me favoreceria.

Tio Franco me acolheu muito bem. Foi bastante carinhoso comigo, do jeito que eu esperava. Ele estava um tanto mais envelhecido do que a figura de que eu me lembrava. Embora o traje clássico se mantivesse intacto – seu terno claro, óculos de aros grossos e chapéu na cabeça –, uma bengala fora incorporada ao figurino. Agora ele andava devagar, arrastando os pés e, às vezes, no meio de um curto trajeto, tinha que parar para recuperar o fôlego. Também o achei mais calado – tinha a recordação dele falando muito, sempre animado, mexendo as mãos sem parar. Apesar desse aspecto mais calmo – para não dizer mais lento –, percebia em seus olhos uma imensa vivacidade.

Ele ainda pulsava.

Na noite em que cheguei, conversamos bastante. Ele quis saber tudo o que tinha acontecido comigo durante aqueles sete anos em que não nos vimos. Eu fiquei um tanto envergonhado de lhe contar sobre minha vida besta, tão pacata que parecia mais a de um idoso doente do que a de um jovem do século XXI – com todo respeito aos idosos, claro, até porque tio Franco, com seus setenta e tantos anos, tinha um cotidiano bem mais emocionante e movimentado que o meu.

Talvez conseguisse tal feito porque sempre foi um cara apaixonado pela vida. Um verdadeiro sonhador. Nem todo mundo entende os apaixonados e sonhadores e, naquele instante em que o reencontrei, foi a primeira vez que suspeitei que eu, Edmundo Zappe Filho, pudesse, sim, ser classificado naquela categoria, e por isso nos dávamos tão bem. Aquela história sobre a ideia de ser escritor, destruída pelo meu pai, foi muito bem-vinda por tio Franco quando lhe contei. Seus olhos brilharam ao ouvir minha discreta confissão em sua sala de estar.

— Escritor? — indagou-me com um sorriso no rosto. — Eu imaginava que você poderia ter uma veia artística, mas escritor... não tinha pensado nisso. Faz sentido.

— Ah, sei lá. Gosto das palavras e de inventar coisas, tio. Na verdade, as coisas surgem primeiro na minha cabeça feito pensamento. Eu vejo uma coisa, penso nela e aí abrem-se portinholas na minha mente com hipóteses e ideias. Uma viagem sem fim, e começo a me afogar em tudo isso. Eu acho que sou um tanto confuso. Aí vou tentando explicar para mim mesmo o que estou sentindo. Foi assim que percebi que escrever o que está na minha cabeça me ajuda a me organizar.

– Você faz muito bem. É uma maneira de conversar consigo mesmo.

– É, mais ou menos isso. Eu não tenho muito com quem trocar ideias, sabe? Essas ideias mais poderosas, eu digo. Parece que meus amigos do colégio não dão conta de tudo o que eu penso, que eu sinto. Nada contra eles, mas é assim.

– Você se sente maior que eles, é isso?

Fiquei sem jeito em concordar. Poderia parecer um tanto prepotente.

– Não estou dizendo que você seja melhor que eles – ponderou meu tio diante do meu silêncio. – Digo maior. E isso você pode ser, no sentido de ter uma visão mais ampla e sensível da vida. Você enxerga mais longe.

Então, levantou-se da poltrona onde estava sentado e olhou para a vista que tinha de seu apartamento. Eu pensei no gigante.

– Eu sempre me senti assim também, garoto – cara, eu adorava aquele lance de ele me chamar de garoto. – Se é difícil a gente entender isso, imagine os outros.

O que eu sabia da vida de tio Franco eram os poucos boatos que circulavam em nossa família, sempre contados com julgamentos, críticas e deboches. Eu nunca entendi por que, a meu ver, tio Franco sempre esteve melhor – sim, além de maior, bem melhor – do que todos nós.

A minha leitura de tudo é que desde muito jovem o comportamento de Franco Zappe destoou do perfil conservador e, digamos, sofredor que nossa família tomava como padrão. Excêntrico e interessante, assim que pôde se desgarrou da dinâmica de escassez que queriam lhe impor e assumiu para si que poderia ter uma vida próspera, alinhada a seu sonho. Muito culto e interessado nas artes, tio Franco tinha vinte e poucos anos quando decidiu largar tudo e viajar para a Europa para estudar cinema – o que foi um escândalo entre irmãos, tios e primos. E lá no Velho Continente ralou tanto, mas tanto, morou de favor, passou fome (um dia ouvi ele contar), trabalhou em todos os tipos de emprego para conseguir terminar um importante curso de direção de fotografia.

Em vez de admirá-lo, a família acusava-o de pedante, como alguém que tinha ficado muito diferente deles. E era uma verdade. Assim, tio Franco se tornou alvo de comentários ácidos de todas as partes. Meu pai era um desses atiradores sem dó, mas eu, desde criança, percebia o tamanho da inveja que ele sentia – ele não conseguiria dar conta de uma vida como a de tio Franco.

Tio Franco conheceu e viveu muita coisa (às vezes ficava pensando se era tudo verdade ou se ele também tinha inventado umas coisas para dar mais sabor e emoção à sua biografia). Rodou alguns países antes de retornar ao Brasil, onde abriu um estúdio de fotografia com um grande amigo que fizera em suas andanças pelo mundo. Fazer cinema sempre foi muito caro, e tio Franco tinha que, de alguma forma, extravasar seu talento e desejo de fazer coisas belas. Assumiu Franco Z como nome profissional e se tornou um dos mais respeitados fotógrafos do país, com alguns trabalhos internacionais. Era aplaudido mundo afora. Mas de onde eu estava, dentro de casa, ouvia piadas e impropérios sobre sua trajetória – não apenas profissional, mas também pessoal, já que a íntima relação com seu parceiro de trabalho (e de vida, passei a entender) era um tabu entre todos, que falavam aos cochichos e risadinhas.

E foi apenas com esse reencontro, quando tio Franco disse sobre ser "maior", e não "melhor", que entendi qual posição ele tinha assumido em relação a nós naquele tempo todo. Ainda que se protegendo dos ataques visíveis e invisíveis, manteve um laço cordial com aqueles que tinham o mesmo sangue. Apesar das críticas mais ferrenhas, meu pai, tios, primos sempre o buscavam para pedir ajuda – como fora nosso caso daquela vez –, até porque justificavam que o Franco "tinha dado certo" e, por isso, "deveria ajudar quem precisava". Aquelas coisas estranhas de família. E o mais incrível era que ele tinha conseguido impor os limites e ainda ser generoso.

E isso era lindo nele.

Talvez eu quisesse poder ser da mesma forma. Mas precisava ainda aprender muito.

– Você não fica triste de não ter conseguido fazer aquele filme que tanto sonhou? – perguntei a ele num daqueles dias.

Estávamos na cozinha tomando café da manhã.

Depois de bebericar um chá quente na xícara, olhou para mim com serenidade e respondeu.

– Ainda existe tempo.

Fiquei com uma vergonha danada da pergunta que fiz, mas ele não se constrangeu. Sorriu para mim e, terminada sua refeição, levantou-se da mesa, pegou sua bengala e arrastou os pés até a porta da entrada. Observei com atenção seus movimentos e me dei conta de como aquele homem tinha total harmonia com o ambiente que havia criado para si. Aquele apartamento onde agora vivia sozinho, sem companhia, sem bicho de estimação, sem filhos, sem família. Um ambiente espaçoso, cheio de plantas, livros – estantes ocupavam grande parte das paredes –, quadros com as fotografias mais belas por todos os cantos – de sua autoria e de queridos amigos – e os móveis e objetos que contavam sobre seu passado, sobre sua vida. Quase um museu, que ainda era sobre o presente também.

Como existia tempo, e ele sabia disso, mesmo um tanto debilitado, fazia questão de todo dia pela manhã dar uma volta. Nunca me convidou para acompanhá-lo naqueles dias em que estive lá como visita; gostava de ir sozinho. Ficava duas, três horas caminhando no seu ritmo pelas ruas do bairro, conversando com conhecidos e revisitando lugares como se fosse a primeira vez. Como um turista em seu próprio universo.

– Vou lá, garoto. Volto logo. Fique bem.

E, como sempre, abriu a porta e partiu.

7
ENCONTRO

Foi num daqueles dias em que fiquei sozinho que tomei coragem de fazer duas coisas pela primeira vez. Primeiro, resgatar o bilhete que Lara havia jogado no meu colo com seu número de telefone no dia da partida e, segundo, mandar uma mensagem para ela. Àquela altura, não sabia se ela ainda esperava um contato meu, se Turíbio tinha me esquecido ou se os dois já haviam se mudado da vizinhança. Registrei seu número no meu celular e mandei apenas um "oi" como mensagem. Identifiquei a entrega do recado, que não fora visualizado de imediato.

A falta de retorno foi me deixando inquieto. Eu, sozinho naquele apartamento, sem ter com quem conversar, desabafar. Tio Franco seria uma boa escuta, mas havia acabado de sair. Se eu corresse, até o alcançaria, mas não seria justo atrapalhar o sagrado passeio dele.

O que era inquietação virou ansiedade. Peito

doendo, boca seca. Mil coisas passavam pela minha cabeça. O silêncio de Lara ia me abalando. Caminhava de um lado para o outro, tentando me distrair com os milhares de livros que observavam meu desespero. Eram lindas as estantes lotadas de títulos com temas variados, autores nacionais, estrangeiros, infantis, poesia, livros de fotografia, dicionários, enciclopédias. Pela primeira vez naquele tempo em que estive lá, resolvi encará-los. Podiam aliviar minha tensão. Só então compreendi um pouco por que tio Franco nunca se sentira só. Quanta gente vivia com ele, quantas histórias tinha ao seu alcance. Diante daquela muralha de palavras, me perguntei: quanto dali ele já havia lido?

Eu me senti um nada. Embora a leitura fosse prazerosa para mim, meus mergulhos literários ultimamente se limitavam aos títulos indicados pela minha professora para o famigerado vestibular. Era terrível aquela ideia de ler apenas para "alguma coisa". Mas acho que, ao contrário dos meus amigos que começavam, com certa razão, a ter aversão pelos livros, eu encontrara um cais na imagem daquele apartamento que tinha ficado fixada em mim durante minha juventude. Mas lá dentro da minha casa mesmo, o acesso à leitura era pífio. Nunca vi meu pai com um livro na mão, e ele sempre chiava quando tinha que comprar um novo para a escola. Mamãe o repreendia dizendo: "É a educação do menino!", enquanto Elídio ria de mim quando eu colocava o exemplar da vez debaixo do braço e me refugiava no sótão para ler um tanto.

Talvez por isso eu ainda hesitasse na possibilidade de assumir qualquer desejo real de escrever. Como eu não lia com a constância que desejava, a ideia de ser um escritor profissional era, de fato, infundada. Ficava naquele ensaio eterno, escrevendo coisas aleatórias nos meus cadernos, sem dar rumo a nada. Ajudavam-me, mas não me levavam a lugar algum. Sei lá.

Naquela manhã solitária e com o coração mais partido do que nunca, me permiti aceitar o que tio Franco me ofereceu desde o dia da minha chegada: "Pegue qualquer livro para ler, garoto. Esta biblioteca também é sua!".

Foi difícil me apropriar daquele presente. Sem saída, querendo esquecer mesmo o fato de Lara me ignorar, avancei sobre os livros com o desejo de encontrar um que me salvasse. Que me estendesse a mão, me abraçasse. Me permitisse ser outro, viajar no tempo, no espaço, nem que fosse por algumas horas.

Com meu indicador, percorri as lombadas com os olhos ávidos para encontrar um título que me parecesse interessante. Existiam livros mais grossos, mais finos, coloridos, de capa dura, brochura. Não foi fácil encontrar um, mas o que eu precisava – e nem fazia ideia disso – estava ali. Foi uma palavra que me chamou a atenção.

Sempre as palavras.

Tomei um verdadeiro susto ao encontrá-la, como se piscasse feito um luminoso, no meio de tantas outras. Assim que li a lombada de um exemplar, ouvi a voz de trovão de Turíbio como se a dissesse outra vez:

– Mentecapto!

A palavra que eu tinha entendido e que tinha me perseguido. Num gesto afoito, tirei o livro da estante e encarei sua capa. O título era *O grande mentecapto* e havia sido escrito por Fernando Sabino.

Mentecapto. Com toda a confusão depois daquela noite, me esqueci de procurar qual era o significado. Coloquei o livro debaixo do braço, enquanto pesquisava na internet, digitando com meus dedos ágeis na tela do celular, em um dicionário virtual.

Como resultado, a seguinte definição: "Aquele que é mentalmente desordenado. Sem juízo, alienado, louco".

O diferente.

O quieto.

O que não é do jeito que todos querem.

Aquele sobre quem todos comentam.

O que escreve. Que fala sozinho. Que pensa demais.

O que tem um gigante dentro de si.

Aquele que sonha.

Imediatamente me lembrei da trajetória de tio Franco e de tudo o que falavam sobre ele: desordenado, maluco, alienado, sem juízo, onde é que já se viu?

Achei que Turíbio tivesse lá suas razões de me chamar daquela maneira.

Deixei a estante e me ajeitei na poltrona com uma curiosidade imensa de conhecer o tal "grande mentecapto". Nas horas seguintes, enquanto tio Franco não voltava, acompanhei com entusiasmo, riso e até choro as aventuras e desventuras – como mesmo descrevera o autor no livro – de um cara chamado Geraldo Viramundo. Um sujeito que todos consideravam amalucado mas que, na verdade, mais me pareceu livre e corajoso. Sua falta de noção o permitia ir além, viver experiências, percorrendo as cidades de Minas Gerais, estado onde Fernando Sabino também nascera. Viramundo fez de tudo e mais um pouco, e eu, confesso, tive uma inveja danada dele.

Eram as tais velocidades.

Então me lembrei de Lara e, por isso, corri ao celular para verificar se tinha chegado alguma resposta. Nada. Voltei a encarar o livro. De certo modo, me reconheci um pouco naquele personagem, em Geraldo Viramundo. Parecia que ele me apontava um caminho, um novo modo de ser. As histórias, eu fui descobrindo, tinham esse poder. E aquele foi um desses encontros importantes.

Viramundo acabara de me mostrar que eu podia seguir sem me preocupar com o que os outros pensam. Questionar o que é imposto. Respeitar o sentir, o amor, as amizades. Ser livre, expandir os horizontes. Levantei-me da poltrona mais potente, assumindo-me um mentecapto.

Ele, Geraldo Viramundo, eu, Edmundo.

Ri sozinho da coincidência, tínhamos aquele "Mundo" em comum em nossos nomes.

Era isso. Era o que eu precisava ganhar.

Existe um momento da vida em que o menino que fomos se encontra com o homem que seremos. Não existe uma hora exata para isso, para cada um é diferente, uns antes, outros depois. Para mim aconteceu naquela manhã no apartamento de tio Franco, após ler a obra de Fernando Sabino, a quem eu queria conhecer mais e mais. Teria ele outros livros como aquele, de leitura simples, saborosa, envolvente e sem tropeços? Foi impressionante como meus olhos avançavam cheios de prazer pelas letras, palavras, frases, linhas, páginas, me levando até o fim de uma deliciosa viagem.

Antes eu era Edinho, como todos teimavam em me chamar.

Mundo era nome de gigante.

Agora eu queria ser outro.

Eu queria ser Mundo e precisava avisar a todos sobre isso.

– Boa escolha, garoto!

Eu estava tão extasiado com minha descoberta, com aquele novo eu, que nem percebi tio Franco voltar. Ele estava com o livro que eu havia acabado de ler nas mãos.

— Fernando Sabino foi um sujeito que entendeu a alma de muita gente. Pena que não seja tão reconhecido por isso.

— Você gosta dele?

— Se gosto? Ele foi fundamental para a minha geração toda, garoto. Além disso, ofereceu companhia para milhares e milhares de pessoas por anos, em jornais e revistas, escrevendo as mais preciosas e encantadoras crônicas que já tivemos em nossa literatura. Fernando era um craque. Nos cruzamos uma vez em Nova York. Um cara bom, de boa prosa. Foi um rápido encontro, mas inesquecível.

Fiquei ali abobalhado ao saber daquela história que tio Franco acabara de me contar. Ele conheceu um escritor em pessoa! E não apenas um escritor, mas o cara que criou aquela história que havia acabado de me impactar.

— Toda vez que saio pelo bairro, me lembro do que ele dizia: que precisamos fazer o exercício de ver sempre as coisas pela primeira vez. Com o espanto da descoberta de um menino. Sempre que vou dar uma volta pelo bairro, garoto, é sempre para um lugar diferente, mesmo que seja o mesmo.

– Eu preciso muito ir para lugares diferentes.
– Então vá, você é novo. Tem que ir mesmo.
Ele então estendeu o livro para mim e disse:
– Tome, ele é seu. Estou te dando de presente.
– Mas, tio...
– Vou me ofender se não aceitar. Livros são para isso, para nos conectarmos uns aos outros.

Assenti com a cabeça e tomei nas mãos o exemplar cheio de felicidade.

– A partir de agora eu sou o Mundo – declarei.
Tio Franco arqueou as sobrancelhas, admirado.
– Mundo... gostei! É bom a gente dizer para as pessoas quem somos, senão elas decidem por nós e nem sempre o caminho é o que a gente quer. Você faz bem, garoto. Mundo...
– É, eu sei disso. Eu sigo muito esse perfil obediente, sempre pedindo autorização para tudo e para todos – desabafei.
– Ninguém merece viver a vida preso a nada.
– Você conseguiu se libertar, né, tio?

Ele sorriu, talvez rememorando um tanto da sua história.

– Eu busco a liberdade todo dia, Mundo. É uma conquista diária, porque a vida vem sempre tentando impor coisas, obrigações, julgamentos. Precisamos respeitar uma série de questões sociais, mas devemos tomar cuidado quando elas se arrastam demais e passam a não fazer qualquer sentido.

Foi naquele momento que meu celular apitou. Ansioso, peguei ele do bolso e vi na tela a resposta de Lara. Ela não havia me esquecido. Digitei uma mensagem, dizendo que estava com saudades e pedindo notícias. Lara escreveu contando que estava partindo na manhã seguinte com o avô para uma nova vida, em uma nova cidade. Meu estado radiante logo se desfez, o que chamou a atenção de tio Franco, que observava atento minha troca virtual.

– Aconteceu alguma coisa? – perguntou.

Não tinha como esconder. Tio Franco era legal demais e sabia muita coisa da vida. Eu deveria dividir tudo o que acontecia comigo naquele momento.

– Você sabe por que eu fui mandando para cá, não é? – indaguei.

– Porque você estava com saudades de mim e

pediu para sua mãe para passar um pouco das férias aqui. Disse que você está grandinho e precisa conviver com outras pessoas.

Eu ri e disse que não era nada daquilo. Contei sobre meu gigante, sobre Lara, sobre o flagra de Turíbio e o medo de papai. Contei sobre a mudança da garota por quem, eu descobrira, estava apaixonado. E, por fim, sobre a expulsão. Tio Franco riu dessa última parte.

– Ser expulso de certos lugares, Mundo, é uma grande conquista.

Achei graça do comentário, mas emendei no assunto que me afligia. Ele, talvez, com sua experiência, pudesse me dar uma luz.

– Mas eu não sei se esse amor pela Lara é algo que vai dar certo! – comentei. – Me parece um amor daqueles proibidos, sabe, tio?

Ele sorriu e fez que sim com a cabeça.

– Você já teve um? – surpreendi-me.

– Talvez todos, Mundo – respondeu. – Aos olhos dos outros, é claro.

– E o que você fez?

– O que eu deveria fazer: mandei todo mundo para o inferno.

– Inclusive a nossa família, não é?

– Principalmente – e fez uma cara de satisfeito. – A gente sempre ouve que a família é a coisa mais importante da vida. Não, não é, Mundo. A coisa mais importante da vida é o afeto. Se a família oferece afeto, aí sim ela pode tomar esse posto. Mas isso pode acontecer com os amigos, com a profissão, com muitas coisas.

Fiquei pensando naquilo. Talvez seja por buscar o afeto que ele conseguiu suportar tudo, o tempo todo. A vida que todos diziam que era vazia, solitária, estranha, diferente, sem filhos, sem esposa, sem seguir os padrões, na verdade era tomada de afeto.

Comecei a folhear o livro em minhas mãos, com desejo de reavivar a trajetória de Viramundo em mim.

– Se eu pudesse, tio, fazia como esse personagem: saía por aí, pelas cidades, pelo tempo que fosse, para ir atrás de Lara. Vou a pé, vou de ônibus, vou de qualquer jeito, só para encontrar Lara e fazer uma surpresa a ela.

Só que eu não esperava ter a resposta que tive.

– Então vá.

Não entendi muito bem o que ele queria dizer.

– Vai, Mundo. Vai atrás dela – insistiu.

Atordoado, ainda não conseguia entender.

– Como assim? Meus pais jamais...

Antes que eu trouxesse aquele ou qualquer outro argumento, tio Franco foi mais rápido:

– Eles não te mandaram a mim para ficar sob meus cuidados?

Fiz que sim com a cabeça.

– Então te autorizo, Mundo – decretou. – Vai atrás dessa garota. Não deixe para depois. Não deixe!

8
RETRATOS

Apesar do susto inicial, passei o resto do dia me preparando para fazer aquela viagem mais do que inesperada, mas, de algum modo, desejada. Meu destino seria um lugar que ficava a quatrocentos quilômetros do apartamento de tio Franco, onde Lara estava morando agora – ela havia me contado em nossa breve troca de mensagens: uma pequena cidade no interior chamada Amoreiras.

Eu tinha o dinheiro que meus pais haviam me dado para o período na casa dele. Não era muito, por causa da idiota ideia de que o tio era mais rico e poderia me sustentar por um tempo. Mas descobri que não era bem assim. Embora tivesse uma vida bem mais confortável que a nossa, os gastos com os remédios que tinha de tomar faziam com que suas economias passassem a ser contadas. Por isso, ele só conseguiu completar minha grana com um pouco mais de cento e cinquenta reais.

Pelo celular, fui pesquisando de que maneira chegaria ao meu destino. Era importante lembrar que se tratava de uma viagem sigilosa, um atrevimento de que somente eu e tio Franco poderíamos saber. Ou seja, eu não podia contar com mais ninguém – nem com pai, mãe e irmão, nem com os colegas da escola (eles eram bons de dar com a língua nos dentes), e, a princípio, também nem poderia avisar Lara, pois ela ficaria bastante apreensiva com minha iminente chegada –, isso sem falar no risco de o plano ser descoberto e colocado por água abaixo por Turíbio. Desse modo, tudo deveria ser uma grande surpresa.

Minha ideia era seguir o caminho mais fácil, claro: tomar um ônibus na rodoviária que me levaria até a tal cidade. O dinheiro que eu tinha daria para comprar a passagem de ida e de volta e para os custos da alimentação. Seria uma espécie de bate e volta, mas não tão rápido, pois o ônibus levava cerca de cinco horas até o destino. Ou seja, em dois dias, no máximo, deveria estar de volta, até para não levantar suspeita dos meus pais. O único problema seria se eu, por algum motivo, precisasse dormir em algum lugar. Eu não teria grana nem para uma pousadinha. Mas, dado o primeiro passo, tomado de coragem e inspirado por Geraldo Viramundo, eu me viraria diante de qualquer imprevisto (era o que eu esperava, pelo menos).

Ao longo do dia fui preparando minha mochila, sempre flertando com o exemplar de O *grande mentecapto* pousado na mesinha ao lado da cama em que estava dormindo naqueles dias. Minha confiança ia aumentando (o que era, de verdade, bem estranho) e eu fui me animando para viver aquela aventura. Já me imaginava chegando diante da casa de Lara, mandando uma mensagem para que ela saísse na porta. E, quando ela assim fizesse, sorriria feliz ao me ver e, quem sabe – se o caminho estivesse livre, se é que me entende –, me beijaria muito apaixonada.

Seria o meu primeiro beijo.

Eu sei que estava inventando demais a cena, antecipando o momento, mas aquilo também era culpa do ímpeto de escritor que agora tinha sentido aflorar dentro de mim.

– A bicicleta está nos conformes, garoto.

Tio Franco entrou no quarto para me avisar que tinha conferido a situação de uma antiga bicicleta que guardava na garagem e que daria para eu usar. Concordamos que seria possível eu pedalar por uma hora até a rodoviária em vez de tomar um táxi, com o qual eu teria que gastar uma parte do dinheiro que estava contado. Eu até suspeitava que tio Franco poderia, sim, me bancar aquela viagem de maneira mais confortável, mas sentia que ele estava bem animado em me dar aquele empurrão de que eu tanto precisava – e, de certo modo, também estava pedindo. O fato é que cruzar uma boa parte da cidade pedalando entre os carros me dava um frio na barriga, mas eu estava certo de que precisava enfrentar essa missão.

– Obrigado por tudo, tio! – agradeci do fundo do coração.

Ele, então, apontou o livro na mesinha e recomendou:

– Só não esqueça de levar seu novo amigo nessa jornada, hein?

Na manhã seguinte, acordei com um misto de animação e apreensão. Despertei bem cedo, antes do horário costumeiro, com muita ansiedade. Passei a noite agitado, sonhei comigo mesmo no meio da estrada, mas era um sonho bom, um sonho de liberdade. Nunca tivera um desses antes, meus sonhos mais recorrentes tinham a ver com a escola (eu sempre fazendo uma prova e não conseguindo me sair bem) ou com situações em que eu tinha uma obrigação e não conseguia cumprir.

Agora, sentia que estava começando a ter o domínio da história. Da minha história.

Àquela hora, tio Franco já tinha feito seu café e estaria vendo televisão – não, ele não era do tipo que assistia aos noticiários pela manhã. Sempre assistia a um filme para começar seu dia com poesia, como ele mesmo dizia. Conseguia cumprir, há uns bons anos, o compromisso de assistir, ao menos, um longa-metragem por dia. Era fascinado pelo cinema. Fui para a sala, mas ele não estava lá.

– Tio?

Talvez naquela manhã tenha decidido descansar um pouco mais, pensei. Ainda assim, percorri o apartamento à procura dele.

– Será que ele resolveu fazer a caminhada mais cedo hoje? – falei comigo mesmo, lembrando que deveria sair de casa mais ou menos no horário que ele ia para seu passeio matinal.

Tomei um susto ao encontrá-lo sentado no chão de um banheirinho que transformara em um pequeno laboratório de revelação de fotos. Era lá que, quando estava com uma produção mais ativa, revelava as fotografias que tirava.

– Tio Franco, o que houve? – corri para ajudá-lo a se levantar.

– Nada, garoto. Vim procurar uma foto antiga e, não sei, senti uma tontura – respondeu. – Acho que fiquei velho de repente.

Ri da piada enquanto o ajudava a se levantar. Recomposto, tio Franco buscou uma pasta de onde tirou uma imagem e me deu.

– Tiramos esta foto da última vez que você esteve aqui, lembra-se?

Não, eu não me lembrava.

– Quero fazer uma nova foto antes de você partir – ele falou, pegando sua antiga máquina fotográfica. – Com certeza você não será o mesmo quando voltar dessa viagem.

Fotógrafo exigente que era, tio Franco me posicionou na melhor luz que entrava pela sala e disparou alguns cliques. Naquela manhã, eu era um garoto de dezesseis anos que estava me descobrindo. Um garoto que vestia um moletom preto com capuz, bermudas que mostravam as pernas compridas, com cabelos castanhos um tanto despenteados, tênis com cadarços desamarrados, um meio sorriso desconfiado, mas com os olhos bastantes atentos. Eles, por sinal, chamaram a atenção do meu tio pelo visor da câmera.

– Esses seus olhos, Mundo. Use-os bem. Você já sabe que são capazes de ver mais do que os outros.

Terminada a breve sessão, tio Franco conferiu as horas e disse que tinha chegado o momento. Um frio tomou minha espinha, achei que teria mais algum tempo antes de partir, mas meu tio sabia das coisas. Eu precisava colocar o pé na estrada o quanto antes.

– Está preparado? – ele me perguntou enquanto descíamos pelo elevador até o térreo.

– Estou – foi o que eu disse, embora não estivesse.

A bicicleta já estava separada na portaria – o porteiro, amigo do meu tio, havia dado um trato nela. Era linda, prateada, moderna – bem diferente do que eu imaginaria que tio Franco usasse. Ele contara que a tinha comprado anos antes, quando ainda havia o estúdio e costumava ir de casa ao trabalho de bicicleta, num tempo em que os carros já dominavam todas as ruas. Gostava muito desse exercício diário, mas chegou uma hora que não conseguia mais pedalar por muito tempo e deixou de usar essa boa companheira – momento que coincidiu com o fechamento do seu negócio. Então, ele me daria a oportunidade de usá-la para cumprir minha jornada. Tio Franco pousou as mãos nos meus ombros e deu as últimas recomendações:

– Eu não vou usar mais essa bicicleta. Pode deixar na rodoviária para quem precisar. Qualquer coisa ligue no meu celular, às vezes eu atendo. Se não conseguir falar comigo, ligue aqui na portaria do prédio, no número que te dei, e eles me chamam.

Depois da parte prática, ouvi o que eu precisava:

– Tenha cuidado, mas não tanto. Permita-se, Mundo. Saiba que você tem para onde voltar.

Eu não resisti e o abracei, agradecido. Naquele momento eu não tinha ideia do que iria acontecer nos próximos dias, mas, fosse o que fosse, tinha sido tio Franco que me abrira aquela oportunidade. Eu só podia agradecer com um "obrigado", mas não consegui. Fiquei comovido ao ouvir seu recado final, dito em meu ouvido no momento do enlace:

– Nunca se esqueça, Mundo: busque sempre o afeto. É ele, só ele que importa.

9
LIGAÇÃO

Eu sozinho pelas ruas, pedalando.

Veja só, agora era eu quem me movia, o que era bem esquisito. Ao que parecia, eu tinha deixado de ser um mero observador daqueles que iam e vinham. Agora eu era o movimento. Fazendo meu caminho. Decidindo a minha velocidade.

Eu decidindo. A minha. Velocidade.

Era difícil acreditar que aquilo era verdade. Era um sonho. Pode até parecer bobagem, mas aquela experiência de desbravar ruas que nunca tinha visto era como se eu estivesse conquistando novas terras, como os grandes navegadores que no passado cruzaram os oceanos em busca de uma nova vida. E, de certo modo, era aquilo que acontecia comigo.

O GPS no celular ia me guiando por uma rota sugerida que me levaria até a rodoviária. Tio Franco havia me jogado no mundo, sem dó. Ele sabia que seria bom para mim. Eu tentava não levar em consideração minha inexperiência como ciclista e focar o meu desejo de chegar até Lara, talvez por isso eu estivesse conseguindo avançar. Não posso negar que devia ter algum ser superior me dando respaldo sei lá de onde, me protegendo de uns motoristas mal-humorados e de outros um tanto desatentos. Era cada fina!

Mas, apesar da minha gana, meu corpo foi se mostrando, pouco a pouco, um tanto despreparado para a missão. Mesmo sendo jovem, minha rotina de exercícios ultimamente se limitava às aulas de educação física na escola de onde, com toda a sinceridade, eu fugia sempre que possível. Pois bem, caro Mundo, havia chegado a conta: o momento em que eu precisaria de um mínimo de condicionamento e não tinha.

Nas subidas, quase não conseguia levar a bicicleta até o final. Senti cãibra na panturrilha no meio de uma avenida, fato que me apavorou. Quase desisti ali mesmo, mas fui fingindo que não era comigo o lance e continuei. Pelo que indicava o aplicativo, deveria pedalar mais ou menos uns trinta e cinco minutos até chegar ao meu destino – considerando que já tinham se passado mais de cinquenta de pedalada. Será que eu estava no caminho certo? Eu devia ter errado alguma coisa, porque o plano era que fosse mais rápido.

Comecei a duvidar se conseguiria cumprir a rota de uma vez, sem precisar de uma parada estratégica. Mas minha boca já estava seca e a bexiga gritava. Não ia dar.

Cinco quilômetros depois de ter deixado o portão do prédio de tio Franco, interrompi meu percurso para matar a sede e fazer xixi. O lugar não era dos melhores, um posto de gasolina meio abandonado, sem nenhuma alma viva, na beira de uma avenida muito vazia. Como eu tinha ido parar ali, olha, eu não fazia a mínima ideia. Aguentei o quanto pude, montado na bicicleta até a porta da pobre loja de conveniência que ali existia e quase desabei no chão ao saltar do selim. Achei que ia morrer; que ideia mais idiota aquela. O que custava ter pegado um táxi? Depois corria atrás de mais grana. Arfando, deixei a bicicleta no chão e, sem pensar em nada, avancei para dentro do local. Fiquei feliz com o clima refrescante do ar-condicionado que recepcionava os clientes.

Antes de qualquer outra coisa, pedi para uma moça que estava atrás do balcão me indicar o banheiro, para onde corri. Enquanto estava fazendo o que precisava, meu telefone tocou. Vi que era minha mãe.

– Edinho, filho? – ela falou.

– Ahn... – respondi, tentando evitar que descobrisse que eu estava perdido pela cidade, bem longe dos olhos de tio Franco.

– Está tudo bem?

– Tudo – eu e minha estratégia monossilábica.

– Tio Franco está bom?

– Está.

– Então...

Temi que aquela ligação fosse para me avisar que iriam me buscar. Se fosse mesmo isso, eu estava perdido. Aliás, estávamos, porque tio Franco iria levar também. Fechei os olhos e gelei por inteiro, esperando pelo pior.

– Nós ainda estamos esperando tudo ficar mais calmo por aqui, tudo bem?

Achei estranha aquela fala. Esperando o quê? Eu sabia que o Turíbio e a Lara já tinham partido da vizinhança.

– Tudo... – resmunguei.

Será que não me queriam de volta? Será que esperavam que tio Franco me adotasse para sempre?

Fiquei um pouco abalado com aquele comunicado, é verdade, mesmo sem entender se era aquilo mesmo. Fosse como fosse, não podia esmorecer e deveria passar por cima daquele lance. Aquilo, muito pelo contrário, deveria mesmo me levar adiante.

– Estou conversando com seu pai sobre tudo isso... – começou a contar.

Eu não queria ouvir nada sobre aquele assunto. Logo cortei a conversa:

– Então tá bom, mãe. Está tudo bem. Qualquer novidade, te ligo.

– Fica com Deus, Edinho.

Nem me despedi. Logo desliguei o telefone, me ajeitei e saí do banheiro pronto para matar a fome e a sede que já me torturavam. Mas fiquei na vontade porque, quando cheguei até a loja outra vez, encontrei a vendedora na porta, gritando:

– Ei, molecada! Volta aqui! Pega ladrão! Pega!

Tomei um susto. Não esperava que uma surpresa daquelas acontecesse logo no início da minha jornada. Afastei-me, tentando me proteger. Não sabia o que havia acontecido, se tinham invadido o local, se tinha sido um assalto ou algo do tipo.

– Aquela bicicleta era sua, não era? – perguntou a mulher ao me ver. Não aceitei muito bem o que ela queria dizer com "era sua", no passado.

Sem responder a ela, avancei para o lado de fora.

– O que aconteceu?

– Rapaz, você não sabe como são as coisas aqui. Não dá para vacilar. Você me chega e deixa uma bicicleta bonitona daquela assim jogada, sem trava nem nada? É um-dois para os moleques da redondeza levarem embora. Perdeu de vez sua bicicleta, desculpe dar essa má notícia.

Levei as mãos ao rosto, desacreditado.

– Meu tio vai me matar! – exclamei.

– Ih, a magrela nem era sua? – perguntou a mulher.

– Não, era emprestada. Será que não tem um jeito de ver se a gente...

Ela nem me deixou terminar a ideia.

– Esquece! Os meninos somem aí pelo mato levando tudo, não há polícia que os encontre.

– E agora o que eu vou fazer? – me perguntei.

Era muito azar de principiante. Eu imaginava que teria imprevistos na viagem, rolaria mesmo, mas não tão de repente e nem com aquela gravidade. Como eu chegaria até a rodoviária agora? Eu estava sozinho em um canto da cidade que nem imaginava onde era. Não tinha a quem pedir ajuda, eu não poderia telefonar para o Elídio me buscar com o carro. Nenhum amigo meu tinha carteira de motorista (sempre andei com caras mais novos que eu, todos ainda na patinete) e o tio Franco, coitado, era impossível dar aquele susto nele já na largada. Comecei a tremer ali mesmo, andando de um lado para o outro, pensando no que deveria fazer. Geraldo Viramundo atravessou meu pensamento, e fiquei me questionando o que ele faria numa situação daquelas. Não, ele não voltaria para trás. Seguiria em frente, munido de sua confiança (ou loucura, que às vezes podia ser a mesma coisa), arranjaria um jeito de continuar, faria lá seus contatos, enrolaria um e outro, e seguiria seu caminho. Então, respirei fundo e decidi que deveria me virar sozinho, descobrindo uma nova maneira de chegar até a rodoviária para encontrar o ônibus que eu precisava pegar.

Enquanto eu tentava pensar numa solução para o problema, a mulher não voltou ao serviço e ficou me encarando. Dagmar era o nome dela, vi no crachá. Depois de um tempo de análise, me perguntou:

— Tu é de menor?

Fiz que sim com a cabeça.

— Sabia! Lembrou meu filho quando tinha sua idade. Tem o quê? Quinze?

— Dezesseis — respondi.

— Parece mais novinho. Você mora aqui perto?

Fiz que não com a cabeça.

— E tá fazendo o que aqui perdido para esses lados? — questionou. — Não tem mãe, não?

Demorei a responder, de verdade.

— Tenho.

— Tá fazendo coisa escondida, né?

Fiquei surpreso com o faro daquela desconhecida.

— O seu susto entregou. Vocês meninos acham que já podem fazer umas ousadias sem ninguém perceber.

— Eu não sou mais um menino, sou um homem — me defendi.

Ela deu de ombros.

— Esses jovens... sempre querem ser adultos antes do tempo. Nunca entendi a razão. Tudo vai ficando pior, pior, pior. Fica nessa aí. Conselho de amiga: ser adulto não é tão bom assim.

— Você pode me ver uma empanada e um guaraná? — pedi, fugindo do assunto. Ela voltou para trás do balcão, me serviu e ficou em silêncio. Fiquei incomodado com sua fala final, que não pareceu apenas um desabafo, mas um pedido de socorro. Lembrei-me do papai e do tanto que reclamava de tudo. Lembrei-me depois do tio Franco e do último recado que me dera: "Busque sempre o afeto". Diante daquele imbróglio, tentei me recordar se algum dia eu tinha perguntado para meu pai por que a vida dele era tão ruim e como poderia ajudá-lo. Acho que não.

Naquele momento, Mundo, aquele novo eu, entrou em ação. Ele tinha a ver com o gigante, com o ser maior que tio Franco identificara em mim.

– Então, o que eu posso fazer para que sua vida fique melhor? – disparei entre uma mordida e outra.

Ela olhou para mim, incrédula. Eu também ficaria se aquela pergunta me fosse feita por um moleque numa beira de estrada comendo um salgado que eu acabara de lhe vender. Se de imediato ela mostrou surpresa, após processar a pergunta Dagmar desmontou e soltou uma risada um tanto nervosa.

– Minha vida? Melhor?

– Sim! – afirmei limpando a boca com um guardanapo. – Você não disse que tudo vai ficando pior?

O que será que eu posso fazer para ela ficar um pouco melhor?

Percebi que minha insistência a deixou um pouco em choque. Ela, que me recebera de uma maneira tão espontânea, ficou silenciosa, reflexiva. Pois é, as coisas na vida acontecem de surpresa e a gente tem que descobrir o que fazer: uma pergunta inesperada, um roubo de bicicleta, um livro encontrado na estante, uma partida sem aviso prévio da garota que a gente gosta. Eu estava entendendo que o segredo talvez fosse como lidar com essas coisas inesperadas.

Os olhos de Dagmar marejaram naquele fim de manhã. Talvez ela não esperasse que isso lhe acontecesse diante daquele menino que se atrevia a ser adulto. Nem eu esperava.

– Você tem telefone?

– Tenho.

– Você poderia ligar para o Tavares?

Por aquela eu não esperava.

– Tavares? – me certifiquei. – Mas quem é Tavares?

Dagmar levou a mão ao peito, perto do coração. Com os dedos acariciou uma correntinha que levava no pescoço e que, até então, estava escondida sob seu uniforme de trabalho. Ali, a foto de um homem.

– É o meu amor. Acho que você ainda não sabe dessas coisas, mas qualquer hora isso acontece para você. A gente brigou, e ele foi embora por essas estradas todas. Vive com seu caminhão, vendendo e transportando mercadorias. Sempre que tento ligar, ele me atende, ouve meu "alô", nada diz e depois desliga. Eu queria ouvir a voz dele de novo, só isso. Isso faria, se não a minha vida, pelo menos meu dia ficar melhor.

Ali entendi que nunca imaginamos quais são as dores das pessoas com quem cruzamos pelas ruas. A gente nunca sabe para que lado elas estão indo, se é para lá que elas queriam ir, se percorrem os caminhos conforme as velocidades que desejam. Às vezes basta perguntar. As pessoas só precisam ser ouvidas. Talvez isso tivesse a ver com o recado que tio Franco tinha me dado.

Pensei em Lara e na partida dela. Imagine se eu nunca mais conseguisse ouvir sua voz? Eu tinha apenas dezesseis anos e, se essa ideia me doía, imagine como estava o coração de Dagmar? Tirei meu celular do bolso e entreguei a ela:

– Ligue para o Tavares.

Ela pegou meu aparelho e digitou um número interurbano. Sabia de cor. Ao devolvê-lo para mim, ainda chamando, coloquei no viva-voz para que ela pudesse ouvir tudo também.

Ele atendeu.

Disse "alô" com uma voz cantada, bonita. Olhei para Dagmar, e ela se iluminou.

– Diga alguma coisa... – ela cochichou para mim.

– Tavares? – perguntei, buscando meu tino de escritor e inventando uma rápida história. – Você transportaria um garoto até Amoreiras? Ele é educado, bem-comportado, atencioso e pode pagar um almoço no meio do caminho.

O sujeito começou a rir. Devia ser um cara legal. Assim como Dagmar. O que teria feito os dois brigarem?

– Ah, isso só pode ser trote! Onde já se viu essa? Já faz tempo que não faço serviço de transporte. Quer dizer, mais ou menos, agora eu...

Antes que terminasse, fui mais rápido:

– É que ele está em busca de um grande amor que foi embora.

Dagmar arregalou os olhos assustada com minha brincadeira. Percebemos a linha cair na sequência.

— Não, você não podia ter dito isso! — me repreendeu.

— Mas é a minha história — revelei, com orgulho. — Eu preciso ir até uma cidadezinha chamada Amoreiras, que fica no sul do estado. A menina de quem gosto foi embora e eu estava indo até a rodoviária com a bicicleta para comprar as passagens de ida e volta. Não sei o que faço agora...

Dagmar me olhou desconfiada.

— Tu tá dizendo a verdade?

— Juro! — disse, beijando os dedos cruzados.

— Tu é maluco?

— Talvez — falei, e fui na direção da porta. — Eu preciso dar um jeito de ir, Dagmar. Espero ter te feito um pouco mais feliz.

Antes que eu deixasse a loja, Dagmar puxou meu braço e me impediu de seguir adiante.

— Não saia daí, hein! — ordenou.

Minutos depois voltou com um papel na mão e me entregou. Parecia uma passagem.

— Tá vendo aquele ônibus? — ela apontou, e eu vi um grande veículo parado no bolsão da estrada. — Ele faz essa rota todo dia, é um intermunicipal. O motorista é o Josias, meu amigo. Falei que liberaria uns três dias de café para ele caso te levasse até a rodoviária. Depois eu me viro para pagar essa mordomia para aquele pilantra.

Não podia ser verdade. Ri, achando que era brincadeira. Ela empurrou o papel contra meu peito.

– É sério, pode ir lá, rapaz. Obrigada por ter me feito aquela pergunta. Obrigada por ter conseguido me fazer ouvir a voz doce do Tavares outra vez depois de tanto tempo. Hoje é um dia bom para mim.

Eu nem consegui agradecer direito, e ela me mandou para fora.

– Vai lá, senão tu perde o ônibus!

Eu dei um tchau para ela e saí correndo.

– Ah, e se eu souber notícias da sua bicicleta... – ela começou a falar, mas, àquela altura, eu já estava distante.

10
ACORDO

Fazer pequenas ações que nos parecem simples, mas tomadas pelo afeto, como aconselhara meu tio, podia abrir portas. Naquele caso foi a do ônibus indicado por Dagmar. Subi apressado, morrendo de medo de perder aquela oportunidade. Entreguei a passagem para o motorista, o tal do Josias, que me olhou desconfiado, mas autorizou a entrada. O ônibus estava praticamente vazio, talvez por isso tenha topado tão rápido a proposta da mulher da loja de conveniência.

Caminhei pelo corredor, buscando um lugar ideal para mim. Cruzei com uma freira sentada no primeiro banco e com uma mãe que abraçava sua filha de uns sete anos, mas quem atraiu a minha atenção, não sei por qual motivo, foi um jovem que devia ter a minha idade sentado quase na última fileira de bancos. Segui até ele e me sentei ao seu lado.

O garoto estranhou. Não era para menos, já que havia tantos lugares vagos naquele veículo e eu fui ocupar bem aquele. Não voltou o olhar para mim, mas percebi que se sentiu incomodado, encolhendo um pouco os ombros. Tinha a cabeça baixa, com os olhos fixos em seus dedos que brincavam entre si nas mãos afundadas nos joelhos. Seu rosto era redondo e a franja cobria boa parte de sua testa, chegando até as sobrancelhas. Usava fones laranja enormes e superdescolados escondendo as orelhas, talvez para se isolar do mundo. Parecia que era o que queria.

Não sei o que me deu de querer ficar ao lado dele. Talvez tenha sido uma espécie de instinto de proteção, afinal éramos dois adolescentes sem companhia naquela viagem.

O ônibus partiu, e eu estava certo de que sua próxima parada seria na rodoviária onde eu compraria a passagem que me levaria direto para Amoreiras. Ao me lembrar de Lara, aproveitei o fato de estar acomodado e seguro para mandar umas mensagens para ela.

"Como está a vida nova por aí?", escrevi.

Daquela vez, ela não demorou a responder.

"Ainda entendendo essa mudança repentina. O mais estranho é que, durante a noite, não tem aquela barulheira de carro na avenida. Parecia que os caminhões passavam dentro do meu quarto. Aqui é só passarinho cantando. Tudo muito estranho."

Ri sozinho. Imagine se contasse a ela que estava indo ao seu encontro e que, talvez, até a manhã seguinte iria abraçá-la.

"Quem sabe um dia eu vou aí te ver", me limitei a escrever, sabendo que aquela frase já era de grande ousadia.

Ela ficou digitando por um tempo. Fiquei apreensivo. Aproveitei aquele tempo de espera da mensagem que não vinha e tentei ligar para meu tio e lhe dar alguma notícia, falar que eu estava bem, seguro. Não contaria, naquele momento, os pormenores como o roubo da bicicleta e a ajuda de Dagmar; na volta entraria em todos os detalhes, quando tudo já fosse motivo de risada. Eu sentia que ainda não era. A ligação chamou, chamou e ninguém atendeu. Segui suas recomendações, telefonei para a portaria do prédio e deixei o recado. Na sequência chegou a mensagem de Lara.

"Seria incrível!"

Vibrei com os braços e soltei um *yes*. Foi espontânea demais a minha reação. Nesse momento, meu vizinho olhou para mim. Sem nada dizer, voltou para sua bolha. Eu estava agitado demais e precisava falar com alguém.

— Você está indo para onde? – perguntei.

Ele me ignorou por segundos, até se dar conta de que eu estava mesmo tentando puxar conversa. Tirou o fone para me dar mais atenção.

— Falou comigo?

— Sim! Perguntei para onde você está indo – repeti.

— Vou visitar umas pessoas – respondeu, lacônico, depois voltou ao silêncio. Talvez não quisesse mesmo papo ou estava escondendo algo. E aquela segunda opção, confesso, me deixou muito, mas muito intrigado.

— Eu me meti na maior confusão – contei. Descobri que eu era bom de prender a atenção das pessoas e aquela primeira frase deixava um gancho e tanto. Ele ficou interessado, pedindo com o olhar que eu continuasse. Fui, sem medo, dando detalhes do que vinha acontecendo na minha vida, das últimas semanas até a ajuda de Dagmar, e coloquei coisas extras na história para dar mais emoção. Estava gostando daquilo. – Agora estou aqui indo para a rodoviária pegar um ônibus que vai me levar até Lara – concluí.

– Este ônibus está indo para Vila Dalva, uma cidadezinha aqui perto. Não sei se de lá você consegue uma viagem direta para Amoreiras.

Olhei com espanto para ele.

– Como assim? Estou no ônibus errado?

– É o que parece.

– Este não é o intermunicipal?

– Não! Pego esta rota de tempos em tempos para ir visitar as pessoas – ele sempre dizia "pessoas".

Desabei na poltrona derrotado.

– Eu não acredito! Eu não acredito! – bravejei. – É isso que dá querer ir para o mundo e não estar preparado.

Foi a primeira vez que ele riu para mim. Uma risada meio tímida, deixada escapar.

– E agora, o que eu vou fazer? Eu não tenho grana, cara! Não tenho quem avisar, não tenho ajuda.

Diante do meu desespero, ele estendeu a mão e se apresentou:

– Meu nome é Julian. Prazer!

Apertei a mão dele.

– Eu sou o Edmundo. Mas pode me chamar de Ed... – e logo me corrigi: – Mundo!

– Eu acho que você pode dormir esta noite onde vou ficar – comentou.

Eu estava bastante surpreso com aqueles primeiros lances da minha viagem: eu tomava uma porrada (ou melhor, fazia uma besteira, vacilava), e sempre vinha um anjo para me salvar.

– Jura?

– Sim!

– Mas, cara, sério. Eu estou liso, sem grana nenhuma para pagar qualquer estada.

– Relaxa, *man*. Você só precisa fingir que é meu amigo.

11
FARSA

Claro que, topando a proposta, eu garantia um lugar para ficar naquela noite, depois que todos os meus planos saíram dos trilhos. Mas eu saltei do ônibus bastante ressabiado com aquela ideia de fingir ser amigo dele. Tentei descobrir o motivo daquele pedido pelo resto da viagem, mas Julian só me enrolou. Falava que eu entenderia assim que chegássemos, que ele precisava de uma companhia, mas não explicava exatamente por quê, disse que a situação era difícil para ele. Na verdade, nada ficou muito claro para mim, fui deixando me levar. Quando percebi que tinha que tomar uma decisão – e que com um "sim" eu poderia ter algumas vantagens –, tive que colocar aquele sujeito misterioso contra a parede. Assim que chegamos ao ponto final (que não era a rodoviária prometida por Dagmar, mas uma parada de ônibus bem precária em uma cidadezinha típica do interior), chamei meu "futuro" amigo de lado:

— Vamos lá, Julian, me fala direitinho tudo o que está acontecendo! Qual é a parada? Porque não quero, e nem posso, me meter em enrascada. Te contei tudo o que já deu errado nesse meu começo de viagem e preciso seguir o quanto antes. A viagem é muito importante para mim — fui deixando tudo bem claro.
— Agora eu quero saber como posso te ajudar, cara. Fala logo por que você precisa de alguém que finja ser seu amigo, hein? Estávamos parados diante do ônibus. Ele levou a mão ao bolso traseiro da calça e trouxe uma carteira para a conversa.

— Se o problema é grana, eu te pago — falou baixo. — De quanto você tá precisando?

Afastei com a mão as notas que ele contava.

— Ei, ei! Não venha me comprar, não! — protestei. — Eu só quero que você me conte o que está rolando, aí talvez fique mais fácil te ajudar.

Julian concordou com a cabeça e começou a confidenciar:

— Eu odeio vir para cá, mas sou obrigado de tempos em tempos. Ir para aquela casa, ver aquelas pessoas...

Eu estava irritado com aquela gente sem nome. Pessoas e mais pessoas.

— E quem são essas pessoas? — cortei ele, imaginando que descreveria figuras perigosas, tipo pertencentes a uma seita misteriosa. Sei lá.

— Minha mãe e aquele cara com quem ela se casou — revelou.

Fiquei aliviado. O problema, então, era uma mãe e um padrasto? Perto do meu pai, ah, deveria ser sossegado enfrentar.

— Então você tem questões com sua família também? — perguntei.

— Você tem?

— Que moleque como a gente não tem?

— Então você vai me entender.

— Talvez. Prossiga.

— Então — ele seguiu contando, sempre olhando ao seu redor, temendo ser flagrado. — Meus pais se separaram quando eu era pequeno. Minha mãe se mudou para esta cidadezinha de nada com o novo marido. Eles não gostam de mim, não me tratam bem. Vivo com meu pai, mas o juiz ordenou que eu viesse para cá pelo menos uma vez por mês.

Ouvi com atenção seu drama. Era de se respeitar.

— E onde eu entro nessa?

— Ah, não sei. Para me fazer companhia. Me distrair nesse período. Eu sempre fico meio sozinho, deixado de lado. Achei que seria uma boa.

Olhei para ele de cima a baixo. Ao mesmo tempo que eu estava um tanto desconfiado, me dava pena.

— Mas eu tenho que ir embora amanhã cedo, no máximo — avisei.

— Não pode ficar dois dias por aqui? — Julian suplicou, e voltou a mostrar a maldita carteira. — Juro, eu tenho como te pagar.

Mesmo ficando bastante ofendido com aquela ideia de ser comprado, comecei a ponderar, pois sabia que a grana me seria bem útil, ainda mais depois de tudo ter saído dos eixos logo na minha partida. Respirei fundo e aceitei ser aquele amigo de aluguel nos próximos dois dias, mas avisei que era meu prazo-limite. Antes de tudo, precisava avisar meu tio, não queria que ele ficasse preocupado. Liguei, e ele logo atendeu. Expliquei tudo o que eu tinha vivido e, do outro da linha, respondeu bem sereno:

— Que bom!

Foi estranho ouvir aquilo, mas entendi o que ele quis dizer. Para minha surpresa, fiquei mais em paz do que preocupado. Tio Franco me dava segurança.

– Muito, muito obrigado, Mundo! Que sorte ter te encontrado! – Julian se entusiasmou, apertando forte a minha mão, talvez na tentativa de garantir o acordo no momento em que aceitei a proposta. – Quem sabe a gente não se torna amigo de verdade.

– É, quem sabe... – resmunguei.

Em minha mente rodava em *looping* o mantra de tio Franco: afeto, afeto, afeto. Talvez o que Julian precisasse era apenas de alguém para lhe dar um pouco de atenção mesmo, de certo modo eu sabia um tanto como era aquilo. Tentei ficar em paz e voltei meu olhar para a paisagem que aquela cidadezinha do interior me oferecia. Ruas tranquilas, arborizadas, poucas pessoas andando, alguns carros parados e um pequeno mercado pouco frequentado. Mas foi nesse cenário que vi uma garota belíssima e um tanto intrigante se aproximar. Tinha o rosto fechado e, sem sorrir, caminhava olhando para o chão. Seus cabelos eram pretos, cortados na altura dos ombros. Era magrinha, vestia uma blusa bem colada a seu corpo e uma saia que deixava à mostra seus lindos joelhos. Tentei disfarçar meu olhar para ela, mas foi impossível. Desviei minha atenção para o rosto de Julian, até para conferir se ela também havia lhe chamado a atenção, mas ele estava de costas. Para a minha surpresa, a menina caminhou até ficar diante de nós.

— Então você já chegou.

Eles se conheciam! Julian virou para ela e não lhe deu um sorriso sequer. Que sacrilégio! Achei um absurdo e, ignorando-a, caminhou à sua frente.

— Papai pediu para vir buscá-lo.

— Eu não sou mais criança! Sei chegar sozinho naquela casa.

Aquelas pessoas, naquela família, naquela casa.

— Já vi que, como sempre, seu humor não está dos melhores — comentou a menina em desagrado.

Saíram andando, sem nada dizer. Restava a mim segui-los. A garota, é claro, logo percebeu a minha companhia, mas não se dirigiu diretamente a mim.

— Você conhece ele? — perguntou a Julian.

— Sim, é meu amigo — respondeu firme.

— Seu amigo? — ela estranhou, me encarando. Eu não estava acostumado com o jeito que me olhava.

— Prazer, eu sou o Mundo — me apresentei, acenando de longe.

— Prazer, meu nome é Iná — respondeu, logo me explicando: — Eu sou a meia-irmã dele.

– A filha do homem com quem minha mãe casou – Julian a corrigiu, sem se voltar para nós, que estávamos um pouco atrás dele.

Eu sorri amarelo e ela deu de ombros. Seguimos naquele constrangimento por um tempo.

– Você avisou sua mãe que traria esse cara... quer dizer, o Mundo? Ninguém preparou o quarto de hóspedes – Iná o questionou. Eu achei chique aquela história de "quarto de hóspedes". Teria, ao menos, uma noite bem-dormida.

– Qualquer coisa ele dorme comigo – Julian disse, ríspido.

Tive que intervir:

– Oi? Como assim?

Não tive nenhuma resposta concreta e temi pelos planos de Julian. Acho que Iná viu minha cara de preocupado e não conseguiu segurar o riso.

Depois de caminharmos algumas quadras – Julian sempre adiante, Iná e eu atrás, todos em silêncio –, chegamos a um belo casarão. Era um sobrado bonito, todo pintado de amarelo. Bem na frente tinha um portãozinho que levava a uma escada. Cinco degraus depois, vi um varandão grande e gostoso, onde havia plantas e algumas cadeiras.

Perto delas, a porta de entrada para a casa.

Entendi que era ali que seria minha residência naqueles dois dias acordados com Julian. Ele abriu o portãozinho e avançou a passos firmes pelos degraus.

— Cheguei, mãe! — avisou com um grito, sem parar para cumprimentá-la.

Reparei que no interior da casa tudo era muito bem cuidado. Eles deviam ter dinheiro, os móveis eram de madeira maciça, mesa, cadeiras, tinha até cristaleira (nunca tinha visto uma antes). Um sofá estampado combinava com as cores das poltronas da sala de estar e com as cortinas que cobriam as janelas. E tinha um lustre cheio de rococós.

Depois de averiguar o ambiente, dei de cara com uma senhora baixinha, com um ar tranquilo e que limpava as mãos em um pano. Supus que fosse a mãe de Julian, embora não se parecessem em nada. Ela me olhou de modo acolhedor. Iná, que seguia a meu lado, tratou de nos apresentar.

— Mundo, esta é a Lila, a mãe do Julian. Lila, este é o Mundo, amigo do Julian.

Eu ainda não entendia bem qual era a dinâmica das relações daquela casa, então optei por seguir o acordo feito com Julian (até porque, realmente, o abrigo era muito interessante e a perspectiva de um dinheiro também). Dei dois passos para a frente e, exercitando a simpatia e a cara de pau que eu nunca tivera, rasguei elogios a tudo e a todos.

— Puxa, dona Lila, que alegria te conhecer! O Julian fala muito da senhora. E desta casa, claro! — então, olhei ao meu redor, deslumbrado. — Eu imaginava que era bonita, mas nem tanto.

Lila e Iná se olharam, provavelmente sem reconhecer aquele Julian que eu descrevia. Logo me dei conta de que havia exagerado e me contive.

— Somos amigos de escola. Ele me convidou para passar uns dias juntos aqui. Estou em viagem, tenho que visitar uma prima em Amoreiras — inventei. — Como aqui é caminho, achei que seria bacana conhecê-los. Mas dentro de dois dias eu já me vou.

Não sei quem se fez mais de louco. Ou se eu me revelei um ator bom o suficiente para enganá-las. Apesar de tudo, era divertido. Mas que elas gostaram de mim, gostaram, porque pouco tempo depois eu já recebia as maiores regalias — e das duas. Eu estava um pouco sem jeito, sem entender qual era a do Julian, que havia me pedido companhia, mas ficou trancado no quarto desde o momento em que tínhamos chegado. Iná me levou ao quarto de hóspedes, onde havia uma cama de casal surpreendente, e pediu que eu deixasse a mochila lá. Horas depois, Lila serviu um belo café da tarde para mim. Eu, claro, tratei de aproveitar.

– Vamos dar uma volta, Mundo! – sugeriu Iná depois de lancharmos. – Aqui não tem muita coisa para fazer, mas o pôr do sol lá no mirante é estupendo.

Percebi que ela tinha mesmo simpatizado comigo. Sempre me olhava de canto, interessada e com sorrisinho no rosto. Até me incomodei um pouco, confesso. Mas, ainda assim, para não levantar qualquer suspeita, aceitei o convite.

– Então vamos chamar o Julian! – falei.

Iná murchou um pouco, eu notei, mas não contestou. Afinal, eu era amigo dele, não? Corri para o andar de cima e bati na porta de seu quarto. Julian mal abriu e me puxou para dentro.

– Você tem que obedecer às minhas ordens! – disparou.

Balancei a cabeça confuso. Antes que eu falasse qualquer coisa, continuou:

– Você está aqui para me fazer companhia, não é esse o nosso acordo?

– Sim, claro! Mas você desapareceu desde que chegamos aqui. Eu só fui educado…

– Tudo bem, tudo bem. É que aquela garota é muito perigosa.

– Perigosa? – estranhei. Iná era um pouco afetada, é verdade, mas não me parecia perigosa.

– Uma egoísta! Ela quer tudo, tudo é para ela – desabafou.

Ali comecei a achar que eu podia ter me metido numa grande enrascada. Julian não estava muito bem da cabeça. Se ele queria jogar comigo, eu teria que colocar minhas peças no tabuleiro.

– Você acha mesmo que elas acreditaram que somos amigos? – questionei. – Você costuma trazer amigos aqui?

Ele fez que não com a cabeça.

– Então, vamos melhorar essa nossa encenação – falei. – Pega suas coisas e vamos dar uma volta no mirante com a Iná. Ela me chamou, e eu aceitei. Agora entra na minha para que eu possa te ajudar.

Ele me encarou incomodado, mas entendeu que não teria outra saída.

12
TEIA

O passeio foi péssimo, é claro. Clima dos piores. Julian ficou emburrado o tempo todo, enquanto Iná era o contrário, estava muito viva e interessadíssima em saber sobre mim. Fiquei pensando se era um desejo real ou uma provocação ao rapaz. "Mas faz quanto tempo que vocês se conhecem?", "Como vocês ficaram amigos?", "Você sempre vai visitar essa sua prima?". Eram tantas perguntas disparadas por segundo que ficava muito difícil inventar uma resposta para cada uma delas. Depois de um tempo, percebi que só ficava no *"aham"*, *"aham"*.

    A vista do mirante era mesmo bela. Era um pôr do sol magnífico por trás das montanhas. Lindo, lindo, digno de aplausos. Depois, voltamos para o casarão ainda naquele clima estranho, Julian na dele, Iná na minha. Cansado, jantei depressa e pedi licença para me recolher ao quarto. Julian não questionou meu pedido e se trancou no dele depois do jantar.

Iná e Lila continuaram muito cordiais e queridas. O primeiro dia de viagem tinha sido exaustivo, nada conforme o planejado e ainda aquela loucura em que eu tinha me metido. De banho tomado, deitado na cama extremamente confortável, fiquei pensando em Lara. Mas resolvi não escrever para ela. Antes de dormir, busquei o exemplar de O *grande mentecapto* na mochila e comecei a relê-lo.

Então percebi a porta do meu quarto se abrir devagar. Fingi não notar, mas sabia que havia alguém me espionando, só não consegui identificar quem. Preferi não me prender ao fato, lembrando sempre do dinheiro prometido que me levaria até Lara. Depois de um tempo, adormeci com o livro em mãos. E foi uma primeira noite boa que tive ali.

Na manhã seguinte, acordei bem cedo com alguns barulhos pela casa. Me arrumei e saí do quarto. Vi que Lila já arrumava algumas coisas na cozinha, talvez estivesse adiantando o almoço. Na varanda da casa, um homem alto, rosto fino com queixo quadrado e semblante sério, sentado em uma cadeira e observando o dia começar na cidade.

– Olá! Bom dia... – falei.

O sujeito virou-se para mim e não esboçou nenhuma simpatia, bem diferente das mulheres da casa.

– Então você é o amigo do Julian? – perguntou, me analisando.

Fiz que sim. Depois disso, ele voltou seu olhar para a rua.

– Muito bom! – resmungou. – Ele precisa mesmo de uns amigos para ver se amadurece e deixa de ser esse mimado que é.

Ele se chamava Alfredo e era o pai de Iná e, assim, o padrasto de Julian. Não pareceu mesmo um homem fácil de lidar. Talvez Julian sofresse de verdade. Lembrei o breve encontro com Dagmar na tarde anterior e o movimento do dar para receber. Enquanto estivesse lá, tentaria ser legal e ajudaria um pouco a vida de Julian.

Ele demorou a sair do quarto. Iná apareceu na mesa do café bastante arrumada, feliz da vida. Cumprimentou-me com entusiasmo e sentou-se ao meu lado.

– Dormiu bem, Mundo?

– Nossa, como nunca! Que cama maravilhosa... – elogiei.

— A gente trata bem nossos convidados! – Lila falou ao me servir um pedaço de bolo. – É de milho. Eu que fiz. Come, Mundo!

— É, porque agora você é nosso convidado! – celebrou a menina. – Não só do Julian.

Meu amigo – sim, aquele que deveria ser – apareceu na porta da cozinha e encarou a cena. Acho que ouviu o que Iná dissera e pareceu não gostar.

— Mundo, vamos dar um rolê – falou, sem dar um bom-dia sequer para ninguém.

Lila olhou para o jovem.

— Meu filho, bom dia! Você dormiu bem? Vem comer!

— Não quero – ele foi ríspido e insistiu: – Vamos, Mundo!

Sem terminar o que me foi servido, levantei-me e saí atrás dele. Caminhamos por um tempo pela rua, sem rumo.

— Hoje você não põe os pés naquela casa! – bradou.

— Julian, desculpa, você está um pouco confuso, eu acho – ponderei. – Primeiro você me contrata para ser seu amigo, depois não me dá atenção, e eu tentando ser legal com todo mundo.

– Esse é o problema! – ele retrucou. – Você foi legal com quem não devia.

– Com a Iná?

Julian virou as costas para mim naquele instante. Ele segurava sua raiva.

– Calma, cara. Me conta o que está acontecendo!

Ele, então, começou a falar um monte de coisas. Talvez estivesse com aquilo guardado dentro dele por muito, muito tempo.

– Desde que minha mãe deixou a nossa casa, seu tempo e sua dedicação são para a nova família. A Iná virou o centro das atenções, tudo para ela, tudo! Se eu pudesse, não viria para cá. Nunca mais! Mas sou obrigado.

Ali entendi o tamanho da dor daquele garoto. O sentimento de rejeição era tão forte que ele não dava conta. Eu me reconhecia, de certo modo. Ele precisava apenas de alguém para estar do lado dele, por isso chegou até aquela situação limite, de ter que contratar alguém para, tipo, gostar dele.

– Rapaz, vamos dar uma volta! Esfriar a cabeça. Me conta como eu posso te ajudar.

O problema era que Julian, que parecia antes apenas um menino tímido, foi se revelando alguém muito mais complexo. Foi o que entendi ao passarmos aquele dia inteiro juntos, zanzando ao léu pela cidade. Caminhamos muito sem destino, Julian ia em frente e eu o seguia, ele queria ter certeza apenas de que estava no comando, que alguém podia estar à disposição dele. Era uma forma de estar por cima, se sentindo bajulado.

Voltamos de tardezinha. Entramos pela porta do casarão, e Lila correu até nós.

– Meninos, onde vocês estavam? Fiquei preocupada. Sumiram o dia inteiro!

Encarei Julian para saber qual deveria ser a nossa resposta.

– Eu levei o Mundo para conhecer a cidade – respondeu secamente.

Eu concordei e completei:

– Foi ótimo. Até porque a minha estada vai ser rápida. Amanhã já vou ter que ir embora!

Voltei meu olhar para Iná, que me encarava bem esperta ali no canto da sala, sentada em cima de uma cômoda. Julian avisou que tomaria banho, Lila foi para a cozinha terminar o jantar e eu anunciei que iria para o quarto. Antes que eu subisse, porém, Iná saltou de onde estava, correu até mim e pegou meu braço.

– Vocês não são amigos coisa nenhuma, né? – perguntou.

Fiquei sem reação. Cerrei o cenho, fingindo estranhar a indagação.

– Claro que somos! De onde você tirou essa ideia? – afirmei.

– Não são, não. Eu pesquisei nas redes dele. Não tem sinal seu. Nem no celular dele tem um número com seu nome – ela revelou, e eu fiquei assombrado com a esperteza daquela garota. – E outra: ninguém tão interessante como você poderia ser amigo desse estranho aí.

Comecei a entender a teia que os ligava. Cada um tinha suas mágoas, seus rancores, suas questões.

– A sua sorte – ela falou me encarando – é que você me parece um cara legal. Ainda vou descobrir qual é a sua.

Sorri para ela. Aquilo tudo estava virando um grande melodrama de telenovela. Eu, que qualquer hora queria escrever uma história, notei que não a estava fazendo em folhas de papel, mas na minha própria realidade.

– Me conta quem você é, Mundo. De onde você veio? Para onde você vai? – Iná pediu.

— Você está fazendo a maior confusão, menina! — eu disse, me soltando. — Deixa eu ir tomar banho também.

Então, escapei dela e subi correndo as escadas.

13
BEIJO

Mais tarde, entrei no quarto de Julian sem pedir licença, já emendando uma conversa séria.

– Olha, acho que nosso acordo não deu certo! Você me meteu nessa mentirada toda, não gosto disso. Não sei mais o que preciso fazer, cara. Então, já vou te avisando que amanhã cedinho vou embora.

Julian não pareceu gostar da minha decisão. Virou-se na minha direção e me encarou por um tempo com um olhar de fúria. Demorou a responder.

– Você vai atrás da menina que gosta de você? – perguntou. – Aquela que você me contou no ônibus?

– Sim, é isso que vou fazer. Nunca deveria ter entrado na sua, ter feito essa parada aqui – retruquei.

Falei da boca para fora, já estava de saco cheio daquela história, mas não queria magoá-lo de verdade. Só que Julian estava se mostrando muito mais ardiloso do que eu podia imaginar.

– Se você for, Mundo, eu conto para todos que

está fazendo essa viagem sozinho, escondido. Aviso seus pais, aviso a polícia e quem mais for necessário.

Fiquei assombrado com aquela chantagem. Por que ele faria aquilo comigo se só topei tudo para ajudá-lo? Ali me dei conta de que sabia lidar com pessoas difíceis, mas com pessoas com a natureza de Julian não. Pessoas cruéis. Ele ficou me encarando, cínico, esperando uma resposta minha. Não tinha o que dizer, tão absurda era aquela história. Eu estava atordoado com a ideia de ficar preso no jogo daquele garoto.

O jantar daquela noite foi horrível. Alfredo se sentou na ponta da mesa, ocupando o lugar do patriarca, e apenas observou o que acontecia ao seu redor. Eu já tinha sacado a desconfiança que ele tinha de mim, um moleque estranho que havia adentrado de maneira misteriosa em sua casa. Lila foi quem fez a conversa acontecer na mesa, contando coisas aleatórias de sua vida, como a primeira vez que viu o mar aos dez anos em uma viagem com a família e depois sobre a cena que assistira na novela que reprisava durante a tarde. Era preciso reconhecer que ela, Lila, ao menos tentava promover uma boa energia ali. Pensei em minha mãe, que, de alguma maneira, também tinha aquela função em casa.

Iná, por sua vez, ficou a refeição inteira me observando. Levava o garfo à boca, cortava a carne, tomava o suco sem tirar os olhos de mim, quase numa obsessão. Eu sabia que ela estava bastante empenhada em descobrir qual era a minha. E Julian, ao seu lado, bastante fechado, quase alheio a tudo, sempre maquinando coisas e pensando o quanto estava sendo preterido naquela casa. E eu? Eu queria fugir dali. Assim que pude, pedi licença e falei que precisava dormir, pois o dia seguinte seria longo por conta da viagem.

Podia custar o que fosse, mas eu não podia sucumbir à loucura de Julian. Meu plano era acordar cedo, seguir para a pequena rodoviária local e, com o dinheiro prometido por ele – afinal, bem ou mal, eu cumprira o acordo –, pegar um ônibus para uma cidade vizinha onde exista uma viação que faça a viagem direta até a cidade de Lara. Se ele não cumprisse o compromisso, eu teria que encontrar uma grana de qualquer jeito naquela casa para conseguir fugir. E eu que ficasse esperto para, dali em diante, não desviar nem um ponto da minha rota.

Mas a noite que eu desejava não foi nem um pouco tranquila. Refugiei-me no quarto e mexi por um tempo no celular. Mandei uma mensagem para tio Franco contando que estava tudo bem e que no dia seguinte voltaria a seguir viagem. Ele me respondeu: "Continue em frente, Mundo". Fiquei lendo aquela mensagem na tela do meu celular. Era o que me bastava.

Mais uma vez, assim como fizera na última noite, reconectei-me com Viramundo, um grande companheiro naquela jornada. E, da mesma forma que antes, depois de um tempo de leitura percebi a porta do quarto se abrir e alguém me observar. Se no dia anterior ignorei o fato, dessa vez fui ver quem era. Com certeza era Julian querendo me atormentar. Precisava dar um basta nele. Deixei a cama e, em vez de ir direto para a porta, fiz uma volta pelo quarto por um caminho em que ele não me visse, para poder atacá-lo pelas costas. Então, assim que estava bem perto da porta, eu a abri com força.

– Fala, Julian, o que você quer?

Mas não era ele.

– Iná? – me surpreendi. – O que está fazendo aqui?

Assustada, ela entrou no quarto e encostou a porta com cuidado para não fazer barulho.

— Quieto, Mundo! Meu pai não pode imaginar que eu estou aqui!

— E por que você está? – não consegui deixar de perguntar.

Ela se virou para mim. Olhou nos meus olhos e caminhou na minha direção. Temendo até onde aquilo poderia chegar, me esquivei.

— É uma pena que você vá embora amanhã.

— Sim, eu preciso ir.

— Eu percebi que está rolando uma coisa estranha entre vocês.

— O Julian não quer...

Pensei até na possibilidade de revelar todo o meu segredo a ela, talvez pudesse ser a minha salvação. Mas, antes de expor toda a história, percebi que Iná queria outro lance. Ela continuou avançando, e eu encostei minhas costas na parede. Não tinha como escapar dela. Ela levou as mãos ao meu pescoço, fazendo eu me arrepiar por completo. Meu coração disparou.

— Sabe, Mundo, gostei muito de você...

Eu era ruim naquilo, e a velocidade dela me surpreendeu. Eu fui entendendo aos poucos o que estava acontecendo. Então, Iná ficou na ponta dos pés para que seus lábios alcançassem os meus. Eu pensei em Lara. Eu achava que meu primeiro beijo seria em Lara e não em Iná, naquela garota que eu acabara de conhecer, que era interessante, sim, mas por quem eu nada sentia. Mas, sei lá, eu beijei ela também. Acho que ela já tinha beijado, parecia saber o que estava fazendo e tal. Fui na dela. Fechei os olhos e me permiti viver aquilo. Não sei quanto tempo durou, mas, quando nos descolamos um do outro, tivemos uma surpresa.

– O que vocês estão fazendo? – perguntou Julian assombrado, parado na porta.

Dali em diante foi uma loucura. Ninguém mais entendeu nada. Enquanto Julian e eu nos enfrentávamos apenas no olhar, Iná saiu correndo e nos deixou para trás. Julian, quase morto de raiva, disparou:

– Você é um traidor, Mundo. Te acolhi, e você fez isso comigo!

Eu não sabia muito bem por quê, ainda mais depois do que ele fizera comigo. Ele me deu aquele tiro e também partiu, me deixando sozinho. Fiquei zonzo com tudo aquilo e desabei na cama. Tinha sido abatido. Minha cabeça a milhão, a acusação de Julian, o atrevimento de Iná, meu primeiro beijo assim, de repente, meu pensamento em Lara, eu perdido naquele lugar, sozinho. E agora, o que faria? Eu não podia ir até lá embaixo, não podia resolver aquela situação, tudo podia ficar pior. Se o Alfredo soubesse do beijo poderia me matar, e a Lila iria ficar decepcionada. Eu fui perdendo os sentidos, grudado naquele colchão. Parecia que a cama ia me engolir. Comecei a suar frio, a ter calafrios. Não sei por quanto tempo aquilo durou. Não ouvi mais ninguém, nenhum barulho, nenhum passo. Senti-me caindo num abismo, me achando um traidor, embora soubesse que não era. Mas como eu podia evitar que a Iná se interessasse por mim? Eu nem imaginava que isso fosse capaz de acontecer. E foi assim a minha última noite no casarão: com febre, delírios, alucinações. Todas as pessoas que eu conhecia apareceram no meu sonho, que por vezes estava mais para pesadelo. Papai me julgando, mamãe me acolhendo, Elídio cruzando a avenida diante de casa com seu carro, Turíbio empunhando uma arma, Lara me sorrindo e tio Franco, numa cena serena, porém aterrorizante, dormindo em seu apartamento. Foi uma noite intensa. A partir dali, não sabia mais o que era realidade e o que era fantasia. E, de certo modo, aquela mistura me fascinou.

Onde estariam Julian e Iná?

Onde estou eu?

Apaguei.

Acordei com uma grande movimentação no quarto. Levantei perdido e vi um homem me observar. Não o reconheci. Logo depois, notei que havia outros três mexendo no meu corpo, na minha mochila, nas minhas coisas. Alfredo estava atrás deles, com uma cara pior do que a que sempre me oferecera. Ao seu lado, assustada, Lila tinha as mãos juntas. Desorientado, tentei me levantar da cama, mas senti diversas mãos me imobilizarem.

– Este é o meliante. Podem levá-lo! – ouvi o pai de Iná dizer.

14
CORAGEM

Eu saí para encontrar um amor que foi embora e, de repente, me vi encarcerado. Sim, eu atrás das grades numa cidadezinha que descobri sem querer por causa de um garoto completamente... ah, sei lá. Fora de si? Foi tanta confusão depois que acordei, com aqueles homens me tirando da cama, me levando para uma viatura, com os vizinhos todos olhando, comentando, apontando – estavam curiosos e surpresos, pois a cidade se orgulhava dos baixos índices de criminalidade. Coitado de mim, eu, um pobre garoto de dezesseis anos. E eu ali no banco traseiro do carro, um escândalo desnecessário com aquela sirene ligada. E me perguntava em pensamento por todo o percurso: "Tudo isso por causa de um beijo? E um beijo que nem fui eu que roubei?".

Quando comentei isso na delegacia, o guarda que ficava na porta da cela onde eu fora colocado ficou sem entender.

— Beijo? Do que você está falando, camarada? Que beijo?

Ao contrário de todas as outras autoridades envolvidas no caso, ele tinha uma cara amigável, tranquila. Quando, mais uma vez, questionei sobre os motivos de eu estar preso, ele estranhou.

— Você foi acusado de dar golpes por toda a região — explicou. Te colocaram aqui para averiguar o caso.

Ao ouvir aquilo, avancei até as grades, desesperado:

— Golpes? Eu? Não pode ser, seu policial! Não é verdade! De onde tiraram essa história?

Olha, eu nem sabia se podia fazer tantas perguntas, mas elas iam saindo. E muito menos se ele poderia respondê-las. Mas era dado a um papo, o que facilitou nossa relação. Foi uma sorte aquele sujeito, chamado Brito, ter ido com a minha cara. Por isso, acabava deixando escapar algumas informações.

— Até onde eu sei, o garoto que é filho da mulher do seu Alfredo denunciou você. Disse que você o interceptou na viagem que fez de vinda para cá e o ameaçou, exigindo dinheiro e lugar para ficar. E ainda complementou que você estava em fuga, pois cometera golpes semelhantes em cidades vizinhas, que você era uma espécie de menor infrator fugitivo.

Fiquei de cara. O Julian não podia ter feito isso, não podia! Como ele pode ter ido tão longe? Por quê? E para quê?

– É sério, eu não fiz nada – repetia sem parar.

O sujeito me olhava com certa pena.

– Olha, eu já vi muito bandido nessa minha vida, viu? Eu conheço pelo jeito de olhar, pela forma com que se senta, às vezes até pelo cheiro. Tem uns que enganam muito bem. Mas você tá muito longe disso, eu sei que você não tem culpa no cartório. E outra: até onde eu entendo dessas coisas, eles não poderiam te prender. Você ainda é menor de idade.

– E então?

– Então, o problema é que o tal Alfredo é influente por aqui. Ele manda e os outros fazem – me confidenciou. – Foi isso que aconteceu. Ele cismou e pronto. Eu tenho meus superiores e, se eu dividir isso com eles, vão rir da minha cara.

Embora Brito não pudesse resolver o meu problema, aquele depoimento me deixava um pouco mais em paz. Eu não fazia a menor ideia de como deveria ser o procedimento naquele caso, quem eu deveria procurar.

Logo que cheguei, me pediram o contato de um responsável. Só podiam decidir o que fazer comigo quando meus pais se apresentassem. O que eu faria naquela situação? Meu pai, é claro, iria me matar ao saber o que estava acontecendo. Eu, preso! Não podia, de jeito nenhum, deixar que a notícia chegasse a ele. Por isso, é claro, passei ao delegado o telefone de tio Franco.

— Vocês conseguiram falar no número que eu dei? — perguntei ao policial.

— Ligam, ligam, mas parece que ninguém atende! — me contou. — Você não tem outro responsável?

— Não, não tenho. Apenas esse tio meu. Eu moro com ele — menti. — E agora? O que vai acontecer comigo?

— Olha, pelo que eu sei, mesmo você sendo menor de idade, meu caro, sofrerá alguma advertência. Mas você não vai ficar preso aqui para sempre, pode ficar tranquilo. A questão é que precisa aparecer algum responsável por você.

Só que não havia sinal, nada. Tentaram falar com tio Franco manhã, tarde e noite. O fato de não atender o celular em nenhum dos períodos me deixava bastante preocupado. Eu estava perdido.

— Eu juro que não fiz nada! Fui vítima de uma mentira — insistia sempre ao policial.

Chegou um momento em que eu comecei até a ficar com pena dele. Brito, coitado, parecia estar bastante cansado daquela ocupação, mas se mantinha sempre responsável por suas obrigações. Por vezes até achei que estava gostando da minha companhia e, se isso fosse verdade, era um problemão. Ficava pensando: e se ele não quisesse que eu fosse solto mesmo sabendo da minha inocência?

Passei uma primeira noite atrás das grades sem nenhuma notícia externa ou perspectivas sobre o meu caso. Apesar daquela situação apreensiva, minha cabeça se dividia basicamente entre Lara e tio Franco. Meu celular havia sido apreendido, então era impossível contatar algum deles. Também não tinha a companhia do meu livro, que estava dentro da mochila que me fora tirada. Mas o espírito de Viramundo não me deixava mais sozinho nem um instante. Era inevitável não ficar pensando nele preso. Ficava impressionado como as coisas acabaram se misturando. Será que o livro estava influenciando a minha vida de alguma maneira? Será que tudo aquilo era coisa da minha cabeça? Eu, às vezes, me sentia maluco.

A cela em que eu estava era pequena. Devia ter uns seis metros quadrados. Eu preferia ficar deitado no chão a maior parte do tempo. Não sei por quê. De manhã me davam café e pão, mas comia só o pão, nunca fui de café. No almoço e no jantar tinha que me alimentar com uma comida bem ruim. Mas comia para não desmaiar, porque fome eu não tinha nenhuma. Queria estar lá fora, precisava continuar minha viagem.

O que mais me doía era não ter sol. De onde eu estava, podia ver, no fundo de um corredor, uma janela que apresentava o dia e a noite para mim como se fosse um quadro mutante. De manhã, um azul-claro, de tarde, o branco das nuvens, e, de noite, um azul bem escuro. Era assim que conseguia me localizar no tempo.

E nada de tio Franco, o que estava me deixando aterrorizado. Teria acontecido alguma coisa com ele? Afinal, se tudo tivesse dado certo, àquela altura eu já deveria ter voltado da minha viagem. Será que ele era tão de boa a ponto de me deixar livre daquela maneira?

Por outro lado, também ficava pensando em minha mãe, que, de vez em quando, resolvia me ligar. E se fosse o delegado quem atendesse – já que o celular estava sob sua posse – e contasse o que tinha acontecido? Era muita tensão para um pobre adolescente em apuros como eu. É, chegou uma hora que perdi realmente as esperanças. Não tinha a quem recorrer, nem o que fazer. Restava-me esperar.

– Se eu pudesse, eu te livrava daí, sabe? – eu ouvi o Brito dizer em certo momento, acompanhando meu sofrimento. – Já vi muita gente ruim se livrar de coisa pior, e você aí, sem ter ajuda nenhuma. A justiça é cruel mesmo.

No terceiro dia preso, acordei fora de mim. Era o gigante querendo cada vez mais entrar em cena. Eu chacoalhava as grades, pedia socorro. Brito tentava me acalmar.

– Eu já falei um milhão de vezes: o Julian mentiu! Eu só preciso seguir viagem, tenho uma missão. Ele me meteu numa emboscada, não sei por qual motivo, se por inveja, ciúmes... – tentava explicar sem parar.

– Eu acredito em você – Brito queria me acalmar e me falava qual era a situação. – Quem tem que acreditar é o delegado, mas é óbvio que ele vai dar trela para o seu Alfredo, que é um dos sujeitos mais poderosos daqui. Mandou te prender, você vai ficar preso até chegar alguém que te tire daqui.

Desabei no chão.

– Você não tem mesmo como me ajudar? – supliquei, e logo tentei a tática que fizera com Dagmar dias antes. – De repente eu posso te ajudar em alguma coisa...

Se bem que tinha sido legal com Julian e deu no que deu.

– Ninguém pode chamar esse menino para conversar? Eu poderia falar com ele? – perguntei.

Brito, então, me trazia informações extraoficiais do mundo lá fora.

– Parece que ele está muito abalado com o caso. Foi chamado para depor, mas não sai do quarto. Estão respeitando o momento dele.

Fiquei cheio de raiva. Que mentiroso ele era!

– Respeitando o momento dele? E o meu? E o meu momento?

Restava ao policial me dispensar algumas palavras de consolo.

– Tenho certeza de que tudo vai dar certo... – vez ou outra ele repetia.

Eu me sentia mais destruído a cada minuto. A cada instante ia me decepcionando um pouco mais com a vida, com o destino, com as pessoas. Fui começando a desacreditar na potência do conselho do meu tio Franco. Afeto. Afeto. Afeto. Talvez não fosse tão simples assim, senão o mundo seria outro. Sem guerras, sem maldade, sem tanta coisa ruim. *As coisas boas são questão de sorte*, pensei, *não de afeto*. Talvez fosse isso.

Não sei por qual motivo, mas foi apenas naquele momento que Iná, enfim, invadiu meus pensamentos. Ela e seu beijo. Talvez estivesse começando a me acostumar com minha condição e relaxar (até onde era possível, é claro). Com toda aquela turbulência, aquela injustiça, eu não tinha conseguido processar a ideia de que eu tinha beijado uma garota pela primeira vez. E como tinha sido bom. Agora, sabendo que o beijo não fora o motivo da minha prisão – talvez por isso a repulsa e o esquecimento inicial –, comecei a me apropriar daquela experiência.

Foi estranho, pois comecei a pensar nela, e meu corpo ficou arrepiado. Foi incômodo, pois parecia que eu estava traindo Lara e, desse modo, voltava a ouvir aquele grito terrível de Julian contra mim: "Traidor!". Pensava em Lara, em Iná... Traidor!

Comecei a achar que era Iná, exatamente ela, a minha salvação.

– Será que você não consegue trazer a filha do Alfredo?

– A filha do homem? – ele estranhou.

– Sim. Ela talvez possa me ajudar. Talvez só ela.

– Você tem certeza disso? – desconfiou.

– Tenho. Quer dizer, quase tenho...

Brito assentiu com a cabeça, mas não prometeu nada.

– Eu espero que você não esteja bravo comigo, Mundo – foi o que Iná disse ao ser levada até mim. Não sei como Brito conseguiu, mas na mesma tarde ela estava diante das grades que me impediam de sair.

– Por que o Julian fez isso comigo? – indaguei.

– Porque ele é ruim, Mundo. Porque ele é mau – ela disse com os dentes cerrados. – Eu sempre senti isso, ele sempre me tratou de um jeito desprezível sem eu nunca ter feito nada para ele.

Fiquei quieto, pensativo. Então ela sabia que eu talvez fosse inocente. Ainda assim, estava abalado ao me dar conta do tamanho da crueldade de que aquele garoto era capaz. Um garoto igual a mim, cheio de buracos e dores, que eu encontrei silencioso, assustado naquele ônibus. Como poderiam existir pessoas assim?

– Você é bom, Mundo – Iná completou. – Não fazia sentido vocês serem amigos. Eu achei muito estranha aquela história, logo desconfiei.

Talvez fosse isso: a gente precisa aceitar o tamanho que somos. Não precisava ser maior, nem menor. Ser bom, era isso que nos dava grandeza, independentemente do que qualquer um ao nosso redor pudesse nos fazer.

Estiquei a mão para ela. Confesso que tive vontade de repetir o beijo, mas não era o momento.

– Será que você pode me ajudar?
– Eu só preciso de coragem… – ela falou.
– Faça isso por você também, Iná – respondi.

15
CORRENTEZA

Vi pela janela do fim do corredor. Era comecinho da noite quando o Brito chegou com um sorriso no rosto e um molho de chaves nas mãos. Não acreditei ao vê-lo empunhar uma delas e colocar na fechadura da cela para, com um ligeiro movimento, abri-la. Ele estava radiante.

– Pode sair, Mundo!

Eu fiquei paralisado, demorando um pouco para entender que aquilo estava mesmo acontecendo. Levantei do chão em câmera lenta e, recuperando os movimentos, como quem recupera um tanto da própria alma e esperança, fui firmando os pés na caminhada rumo à minha liberdade. Sorrimos um para o outro quando nos cruzamos, estava feito meu agradecimento mais sincero, mas eu não podia parar naquele momento, e Brito veio atrás, me reportando todas as notícias.

– Bem que deu certo, Mundo. A menina te ajudou mesmo. Depois que saiu daqui, procurou o pai para contar tudo o que o tal Julian fez. Disse que o rapaz colocou um monte de coisa na sua mochila para incriminá-lo. Aí, quando ele retirou a queixa, todo mundo respeitou. É assim que as coisas funcionam. E, em paralelo, o delegado daqui fez uma pesquisa na região para saber sobre o possível jovem golpista, mas não encontrou nenhuma notificação. Agora, você nem sabe o que vai ser do Julian lá naquela casa...

Ele continuou falando, mas não me interessava mais ouvir nada sobre o Julian. Eu queria apenas seguir meu rumo. Na porta da delegacia, Iná estava pronta para me oferecer um último sorriso. Foi ela quem me entregou a mochila com meus pertences. Coloquei-a nas costas e não parei, segui andando.

– Já está de noite, Mundo! Para onde você vai?

Não respondi. Na verdade, não sabia. Mas eu também não tinha mais nada a perder. Estava sem dinheiro, muito provavelmente Julian havia pegado da mochila naquela confusão. Não sabia se voltava para casa, se ia até Lara, se ficava sozinho. Eu ia andando para o caminho me guiar. Apostei nisso. Fui. Não fazia ideia de onde estava. Era do que eu precisava naquele momento? Aquele talvez fosse o meu lugar.

Não liguei o celular para saber se havia mensagens, não me preocupei com nada, nem com ninguém. Senti que precisava olhar para mim, me conectar comigo. Assumi meu instinto errante, acionei minha coragem mais intrínseca, minha vontade de ir além em algum lugar que eu nem sabia onde era. E fui. Se houvesse Lara pelo caminho, muito bem. Se não houvesse, eu que descobrisse e aceitasse as surpresas pela estrada. Naqueles últimos dias, desde que saí para viajar e voltar – só isso, apenas isso! –, tantas coisas aconteceram que descobri que os planos existem, mas tudo muda o tempo todo. E a gente tem que saber o que fazer com isso.

Esse era o lance, eu procurando meu rumo. Não era o que meu pai queria? "Pai, cá estou!" Não sei a quem eu me reportava, se a ele ou a mim. Dava cada passo entendendo que, no final das contas, por mais que pessoas cruzem a minha vida, eu estaria sempre sozinho. No fim de tudo, eu só teria a mim mesmo.

Deixei aquela cidadezinha e caí numa estrada. A paisagem tomada por montanhas grandes e verdes. No horizonte, o céu alaranjado com o sol se despedindo daquele dia. Dos dois lados do caminho plantações enormes. Ora milharais, ora cafezais. Estava inebriado com a liberdade que eu nunca tivera – e que quase me foi tomada naqueles dias encarcerado. Fechei os olhos e deixei o vento bater no meu rosto.

Silêncio.

Nem sinal de pessoas, de veículos pela estrada.

Apenas a natureza.

O tempo.

Quem afinal nos soprava? Quem comandava nosso destino?

Perguntas e mais perguntas.

Agora no lugar das palavras que davam respostas.

Eu queria descobrir e não resolver.

De que tamanho eu era?

Comecei a chorar. Eu não era daquilo. Minhas lágrimas sempre foram muito ruins de sair. Quando saíam, com muita dificuldade, havia motivos específicos. Uma bronca do meu pai. A raiva por uma injustiça. O constante medo de errar.

Daquela vez não era nada disso, apenas a oportunidade de viver. De ter aqueles dezesseis anos e ter entendido, a tempo, que as coisas eram possíveis. Meu pai não entendeu. O Julian também não.

O Elídio precisava ainda ficar esperto. A Dagmar se agarrou na esperança. O Tavares teve medo. Mamãe e Lila equilibravam seus pratos. A Iná se permitiu. E a Lara? E eu?

Eu só não queria me perder. Perder o que eu tinha de essencial. Aquele menino que olhava tudo com curiosidade e, sem entender as coisas que estavam ao seu redor, tentava explicar a si mesmo seus sentimentos, suas relações.

Mas, agora, havia muitas perguntas.

Afinal, qual o sentido de tudo?

Está perto, longe, em cima ou embaixo?

Eu caminhava com minhas próprias pernas. Não sei quantos quilômetros percorri, quantos ainda viriam. Mas estava feliz de sentir as lágrimas tocarem meu rosto. Meu suor escorrer pela testa. Minhas costas doerem com o peso da mochila. Meus dedos do pé latejarem dentro do tênis. Meu cheiro, nada bom, da roupa não trocada. Mas era isso que eu era, por completo.

Afeto. A flecha atirada por tio Franco.

"Busque sempre o afeto."

Eu não parei. Seguir em frente é o que a gente deve fazer quando não sabe nada. Eu fui. Respeitei meu tempo, minhas pausas e, noite adentro, fui me guiando pelas luzinhas acesas no horizonte.

Eu fui.

Quando encontrei, quilômetros depois, uma oficina mecânica abandonada na beira da estrada, acomodei a minha mochila no chão e deitei a cabeça sobre ela. Vi estrelas acima de mim, e foi bonito. Depois apaguei.

De manhã bem cedo tive vontade de me lavar ao ouvir o som de água corrente. Segui naquela direção até enxergar um rio do alto de uma ponte. Eu estava só diante de tudo. Mais uma vez meu menino encostou em mim e o vi correndo para saltar na a água. Não, meu menino nunca fizera isso. Mas o desejo dele era esse, por quantas vezes... Agora, àquela altura, eu podia respeitá-lo. Desci uma pequena ribanceira que dava acesso à margem do rio e escolhi um canto para deixar minha mochila, meus sapatos, minhas meias, minha camiseta, minha bermuda, minha cueca.

Fiquei nu. Completamente nu.

Meu corpo já tinha forma, pelos e tamanho de adulto. Ainda tentava reconhecê-lo, é verdade, mudara tão de repente que ainda o estranhava. No reflexo da água, eu era um novo ser. Sorri e pulei. Submergi. Debaixo da água turva, milhares de pensamentos. Eu me senti bem, acolhido, como nas tantas vezes que me refugiei no sótão. Talvez existissem muitos outros sótãos por aí que eu precisava conhecer.

Nadei sozinho. Ora lutei com a correnteza, ora me permiti ser levado por ela. A vida é assim: uma grande correnteza que pode te levar, mas você consegue descobrir como nadar. Era isso: eu tinha aprendido a nadar um pouco. Saí horas depois, revitalizado. Deitei-me na grama, daquele jeito mesmo, sem nada no corpo, para me secar.

O sol queimou minha pele, e foi bom.

Foi muito bom.

16
RISO

Caminhei por muito tempo depois daquele banho de rio. Eu estava sem saber o que fazer, um tanto perdido. O que aconteceu com Julian e aqueles dias aprisionado mexeram muito comigo. Eu me quebrei, perdi um tanto da minha esperança que, a cada passo, agora eu tentava recuperar. Nunca imaginei que aquilo aconteceria comigo, foi como se um pesadelo tivesse tomado minha vida. A solidão, a indiferença, o medo. O olhar acalentador do Brito algumas vezes até me ajudava, mas nem sempre era o suficiente. Eu fui perdendo minhas forças a cada pão que me chegava, a cada xícara de café que eu odiava engolir. E pensava: *aonde isso vai me levar?*

E aí eu fui inventando para mim qualquer resposta como a única saída diante de tantas dúvidas. Acho que foi na saída da prisão, quando coloquei o pé na estrada, diante do céu estrelado, que entendi que, apesar dos imprevistos e conturbações da vida, eu poderia fazer o meu caminho. E assim fui, num diálogo ininterrupto com o Universo, com uma força maior. Com o que podia me levar adiante naquela viagem.

A minha viagem.

Eu, Mundo.

Apesar de ter conseguido trocar de roupa e tudo mais, ainda estava me sentindo um maltrapilho. Parecia que eu tinha envelhecido um tanto naquela caminhada. Mas, por mais que quisesse ficar alheio a tudo, minha preocupação aumentava. A bateria do celular havia descarregado por completo, estava sem qualquer meio de comunicação. Precisava dar notícias ao tio Franco com urgência. Ele deveria estar bem preocupado. Será que tinha entrado em contato com meus pais? Revelado a irresponsabilidade que havia cometido? Como teriam reagido? Será que estavam atrás de mim?

A estrada era longa e, a bem da verdade, mesmo moído, não conseguia nem queria parar. Olhava sempre adiante. Tinha a sensação de que minha busca já não era mais por Lara, mas alguma outra coisa que ainda não conseguia mensurar. E que também era importante. O beijo que recebi de Iná, confesso, quebrou um tanto de uma fantasia pueril que eu carregava, inocente, sobre um primeiro amor, sobre as garotas. Eu, que sempre fui diferente dos meninos ao meu redor, mais sensível, mais observador, percebi que, sem querer, sem fazer qualquer esforço, tinha o poder de atrair, de fazer-me desejado. E aquilo era novo para mim. Com a Lara era diferente, era um amor meio amigo, meio companheiro, de dar risada, de ver céu junto, de falar bobagens. Já pensei em beijá-la, mas não daquela maneira que Iná fez comigo.

Foi bom. Foi sim. Apesar de tudo o que aconteceu depois. Mas aquilo não cabia a mim. Eu era responsável pelos meus atos – e isso já valia muito –, e não podia ficar preso ao que Julian fizera ou coisa parecida.

Chegou um ponto em que meus pés começaram a doer. Tirei o tênis para fazer massagem nos meus dedos e percebi o sangue manchando minha meia. A fome também apertava, e eu não tinha nenhuma possibilidade de parada, de abrigo. No alcance da minha visão, apenas mais estrada e montanhas. Campos e mais campos, pastos e mais pastos. Eu já havia me perdido no tempo e no espaço. Tinha horas que não conseguia lembrar há quantos dias eu havia deixado o prédio do meu tio montado na bicicleta (quem estaria andando nela agora?) nem onde estava.

    Como uma miragem, uma placa de repente indicou uma cidade a três quilômetros. Quase surtei. Mas qualquer vazão que eu desse para minhas emoções poderia me fazer perder ritmo e força. Aguentei a dor nos pés e apertei o passo. Pouco a pouco, o vazio foi sendo preenchido por pequenas casas, placas de ruas, carros estacionados. Cachorros e gatos me encaravam como um forasteiro e até surgiu um cavalo no caminho. Ainda assim, parecia que eu estava em uma cidade-fantasma, onde não encontrava nenhuma pessoa para buscar informações ou pedir ajuda.

    Caminhando por uma calçada, cruzei com uma grande porta que me chamou a atenção. Apenas uma cortina cor de vinho a cobria, mas uma fresta me convidava a entrar. Não tinha percebido antes em meu trajeto nenhum lugar em que pudesse pousar e, quem sabe, descansar um pouco. Encarei a fachada para averiguar o que era aquele local, mas foi difícil identificar. Só sei que era bonita e imponente, tinha uns arabescos no alto e uma faixa que anunciava: "Última Sessão". Tentei pensar no que poderia ser aquilo, mas meu raciocínio não estava dos melhores. Não exigi tanto de mim. Dei de ombros e entrei.

Caminhei uns bons metros na escuridão, apenas com feixes de luz me dando mínimas orientações. Por esse percurso, escutava um som abafado de uma conversa. As vozes foram chegando mais perto, ficando mais altas e potentes. Não poderiam ser de pessoas comuns. Então, mais uma vez, uma fresta me permitiu ver uma luz mais forte. Parecia aquele lance de "luz no fim do túnel", que com certeza era o que eu precisava.

Corri até ela sem medo e atravessei outra cortina. Diante de mim havia uma tela imensa. Um filme. Na cena em preto e branco dois homens conversavam. Era uma sala de cinema pequena, mas muito, muito charmosa. A luminosidade do filme permitia que eu visse as poltronas vermelhas de veludo, as luzinhas acesas no corredor, as paredes acústicas e, ao fundo, um buraquinho de onde saía a projeção. Não havia ninguém ocupando as poltronas, a sala estava completamente vazia.

Como ainda era bem cedo, estranhei aquela sessão sendo exibida naquele horário.

A última.

Independentemente do que estivesse acontecendo, aquela era, de fato, uma boa oportunidade de relaxar um pouco. Escolhi uma das poltronas e desabei. Fechei os olhos por um instante, mas os diálogos, a trilha, os efeitos sonoros ressoaram em mim. Eu não consegui me desconectar do filme. Mesmo sem conseguir acompanhar muito bem a história, algo estava mexendo comigo.

Achei, num primeiro momento, que a razão daquele aperto no peito era uma saudade óbvia do tio Franco. Ele, que era tão apaixonado pelo cinema. Será que teria visto aquele filme? Quando? E com quem? Fiquei viajando naquela possível imagem dele, ainda bem novo, ao lado de um amor, numa sala de cinema qualquer pelo mundo, encantado com o longa-metragem. E me veio a fatídica pergunta: "o que o teria impedido de realizar seu grande sonho, que era produzir seu próprio filme?".

A questão me inquietou e, dali em diante, despertei e assumi que acompanharia a história até o fim. Foi numa cena de perseguição de carro em que um dos protagonistas sofre um sério acidente que indaguei: "O que fazia as pessoas não realizarem um sonho?".

O filme sobre a liberdade nunca feito por tio Franco. Onde esse filme ficou? Ele existe um algum lugar? Na alma, no coração daquele velho mentecapto?

Nem vi o tempo passar. Quando o filme acabou, ao contrário do que costuma acontecer, as luzes não se acenderam. A tela foi apagada, e fiquei ali, solitário, com meus pensamentos. Fechei os olhos e assumi a escuridão dentro de mim – a vida tinha mesmo um monte de mistérios, perguntas sem respostas, e eu, talvez, estivesse descobrindo aquilo naquele momento.

Ouvi uma risada. Abri os olhos, mas nada enxerguei. Tudo continuava escuro. Logo entendi que não existia ninguém ali comigo, a risada vinha de outro lugar. Voltei a fechar os olhos. E a risada foi mais forte, divertida.

Senti, vindo desse mesmo lugar perdido dentro de mim, alguém apertar a minha mão direita, pousada no braço da poltrona. A pessoa ria sem parar, quase perdendo o fôlego. Vi a cena de mim, bem pequeno, rindo também, não do que estava passando na tela, mas achando graça de quem estava ao meu lado.

"Nossa, o que o papai está achando tão divertido?", lembro de ter pensado.

Numa tarde qualquer, há muito, muito tempo, meu pai chegou em casa antes de terminar o expediente. Estava feliz por isso. "Hoje tenho tempo para vocês!", celebrou. Elídio estava na escola e eu, por algum motivo, havia ficado em casa. Acho que mamãe estava bem contente também, feliz pelo marido ter conseguido ficar livre, mas ela mesma continuava cuidando dos afazeres domésticos. Meu pai estava leve naquele dia – não sei muito bem se ele era assim naquele tempo ou se foi apenas nessa ocasião. Eu lia gibi em um canto da sala e observei aquele homem ir e vir, eufórico, sem saber o que fazer dentro de casa. "Vai passear, Edmundo!", sugeriu mamãe. "Edinho!", ele me chamou.

Logo me apresentei, sorrindo. Papai me pegou pela mão, me levou para o carro que tinha naquela época – verde e pequenino, por isso seu apelido era "Ervilha" –, e partiu comigo. Até então, não imaginava qual seria o nosso destino. Eu estava feliz e, ao que parecia, ele também.

Não sei muito bem como foi o trajeto, até eu estar com meu pai dentro de uma sala de cinema.

Nunca entendi por que decidira por aquele programa, ele que não gostava de filmes. Até onde ia a minha lembrança, antes desse pedaço perdido da minha vida ressurgir, papai sempre falava mal dos filmes e do cinema.

Eu tinha um grande pacote de pipoca no meu colo, e a mão grande dele roubava uma ou outra, numa brincadeira. Também não me recordo qual era o filme escolhido, mas a risada dele ficou. Ele riu muito naquela tarde. Até chorou de tanto rir.

Ele, que ficara registrado na minha vida sempre tomado de tensão, com muita dor e preocupação, um dia foi leve. Essa viagem para dentro me deixou aflito. Em que momento, afinal, a gente passa a ser uma coisa que a gente não era e fica assim para sempre?

Quem decide isso? Nós mesmos, a vida, a força, o destino?

O que tinha acontecido com meu pai, desde aquele dia que fomos ao cinema quando eu era menino até a noite em que saí de casa?

Será que ele ainda ria escondido e eu não sabia? Por qual motivo?

Será que ele ficaria feliz em assistir ao filme de tio Franco?

Muitas coisas não tinham resposta. Muito menos explicação.

Talvez fosse isso: a vida muitas vezes não tem lógica.

E é exatamente por isso que ela se torna mágica.

Enfim, as luzes do cinema se acenderam. Eu estava nocauteado, muito diferente de quando entrei.

17
REVOLUÇÃO

Inebriado por tudo o que tinha vivido ali, não esperava deixar aquela pequena cápsula do tempo e encontrar uma confusão tremenda.

A cada passo que dava na direção da saída daquele prédio ouvia gritos, e comecei a notar uma grande movimentação. Para minha surpresa, ao olhar pelo vão da cortina percebi que estava diante de uma espécie de manifestação.

Muitas e muitas pessoas protestavam juntas com braços empunhados para o alto. Havia um sujeito que falava em um megafone, enquanto outros no meio da multidão levantavam faixas e cartazes. Tentava ler o conteúdo das mensagens para entender a razão de tudo aquilo. Ao observar a cena com mais atenção, notei que grande parte dos participantes eram jovens como eu, talvez um pouco mais velhos. Pela quantidade de pessoas, parecia quase a saída da minha escola, quando centenas de adolescentes eram vomitados pelos portões. Mas, justiça seja feita, aqueles que ali estavam pareciam ter um propósito um pouco mais interessante do que a galera que estudava comigo.

Eu tinha duas opções: a primeira era buscar uma saída alternativa, me desviar daquela confusão e seguir o caminho solitário, fingindo que nada tinha visto. A segunda, que por algum motivo me tentou, era abrir aquela cortina onde eu me escondia e me misturar a eles para, de repente, ajudá-los a conquistar seja lá o que fosse. Pela maneira que bradavam, imaginei que a reivindicação fosse bastante séria.

Não deu outra: eu fui – e bem orgulhoso da minha decisão.

Avancei por entre eles, tentando compreender o que falavam, o que gritavam. Estavam todos de costas para o prédio do cinema, como se o protegessem. Eu não conseguia ver quem estava mais à frente, no embate contra a turma. Era muita gente. Senti-me emocionado, parecia aquelas cenas das quais a gente só ouvia falar nas aulas de história e via em fotos antigas.

Então, de repente, meus dois braços foram enlaçados, de um lado por um rapaz um pouco mais alto que eu, de barba e óculos, e do outro por uma simpática morena, cabelos bonitos e volumosos, com olhos brilhantes. Fiquei admirado pelos dois, que me levaram fazendo parte de uma corrente que avançava para a frente.

– Desculpa... – chamei a garota ao meu lado. – O que está acontecendo aqui?

Ah, eu precisava pelo menos saber onde estava me metendo. Tive que insistir mais de uma vez, tentar fazer a pergunta para o moço que estava do meu outro lado, mas demorou para eu ter uma resposta.

Levaram-me de lá para cá, começou um empurra--empurra danado que me fez tropeçar, e os dois me ergueram de novo. A garota então chegou ao pé do meu ouvido e me convocou:

– Não podemos esmorecer, eles podem ser mais poderosos, mas nós, juntos, somos mais fortes.

Eu até tentei explicar que eu não estava esmorecendo, só tinha tropeçado, mas precisava saber como podia ajudar. Ela não me ouviu. Focou adiante e, com o queixo erguido, gritou:

– A gente não vai deixar esse cinema fechar! Ele é nosso patrimônio!

Voltei meu olhar para ela e puxei seu braço.

– Eles querem fechar o cinema?

— Já demoliram tudo ao redor! Querem construir um condomínio de prédios no terreno, mas não podemos deixar.

— É! — concordei no mesmo instante. — Não podemos!

Olhei para trás e vi que o prédio do cinema era o único que restava em um imenso terreno tomado por entulho, tratores e escavadeiras. Por isso a faixa posta na frente do prédio com o anúncio da última sessão.

— Eu estava lá vendo o filme — tentei me enturmar. — Foi bom demais!

A garota me olhou com certa reprovação, e eu não entendi até ela me explicar:

— Todos aqui nos recusamos a entrar na sessão. Afinal, ela não pode ser a última — me explicou, antes de voltar a gritar palavras de ordem. — Fora! Fora! O cinema é nosso!

Eu me envolvi na causa e também comecei a repetir aquela frase. Apropriei-me daquele cinema que havia acabado de conhecer, mas que tinha me proporcionado uma experiência indescritível.

— O cinema é nosso! — eu gritava, seguindo a fala coletiva. — O cinema é nosso!

Eu ia e vinha conforme a multidão se movimentava. Quando dei por mim, estava praticamente na linha de frente do combate. Diante de nós, jovens, estavam homens uniformizados, com capacetes, escudos e cassetetes, uma tropa de choque coordenada por um senhor mal-encarado que falava num rádio comunicador portátil e tinha óculos escuros. Podia bem ser aquele mal-encarado do velho Turíbio. Parecia que ele, agora, estava no meio de um filme. Nenhum dos lados estava para brincadeira. Eu achei um absurdo a força brutal que estava sendo lançada contra um lugar da arte. Aquele lugar que tinha acabado de me acolher, como tantos outros que um dia acolhera, meu pai, meu tio Franco e todos que ali estiveram em algum momento de suas vidas.

Um carro se aproximou e estacionou por perto, sem se envolver muito no conflito. Os vidros escuros foram abaixados, e pude ver alguns homens lá dentro, que ficaram a nos observar. Eram frios e pouco se importavam com o que estava acontecendo diante deles.

– Olha quem chegou! – apontou o rapaz ao meu lado para a menina. Eu estava no meio deles, ouvindo tudo. – Os empreiteiros! Ficam lá só esperando tudo acabar para poderem dar a autorização para a demolição.

– Eles tinham anunciado que todo o processo ia começar depois da última sessão. Comunicaram todo mundo sobre a urgência do negócio! – a menina completou. – Mal terminou a exibição e já estão como uns urubus em cima do cinema.

– E o que vai acontecer se o cinema for demolido? – me meti na conversa, curioso.

– Este é o último cinema de rua da nossa região. Um dos poucos atrativos culturais para a nossa gente. Todo mundo sabe que as novas tecnologias estão surgindo, conseguimos ver filmes em outros lugares, mas imagine perdermos a possibilidade dessa experiência? Imagina, cara?

Eu não conseguia imaginar. Ainda mais depois de tudo o que tinha vivido.

O sujeito de óculos deu um sinal, e a tropa avançou contra nós. Foi uma correria, tivemos que nos soltar, e um empurrão forte me levou ao chão. Quase fui pisoteado, estavam todos muito assustados, pensei que poderia até morrer – lembrava de casos que aconteciam em tumultos, como shows de rock ou jogos de futebol. Naquela confusão, alguém chutou minha mochila, a ponto de fazê-la abrir com um rasgo. Segurei-a com força, afinal era tudo o que eu tinha, mas não estava dando conta. Fui percebendo minhas peças de roupa misturadas com os pés ao meu redor, meus pertences de higiene, escova de dentes, desodorante e o meu livro! O *grande mentecapto* estava jogado no chão diante de mim. Temi que chutes pudessem desfolhá-lo, destruí-lo, e, agachado no meio daquela gente toda, estiquei a mão para poder alcançar aquele exemplar já muito querido. Era como se eu quisesse dar a mão a Geraldo Viramundo para que ele não me deixasse sozinho.

Foi aí que pensei: *se eu fosse Viramundo, o que estaria fazendo naquele momento? Como meu herói torto estaria enfrentando aquela gente e defendendo o cinema? Com sua lábia, sua inteligência, sua coragem.* Com muito esforço, recuperei o livro – intacto! –, coloquei-o debaixo do braço e comecei a me enfiar entre as pessoas, na direção contrária da tropa.

Eu não estava fugindo. Eu procurava o meu palco. E, num ímpeto, segui até ele. No meio daquele terreno cheio de entulho, alcancei uma escavadeira ali estacionada e subi.

– Ei! – gritei de pé em cima dela.

Com tamanha confusão, nem todo mundo percebeu a minha presença lá, mas pouco a pouco, com a minha insistência, as pessoas começaram a apontar e a olhar para mim. Quando me dei conta, os jovens, o homem de óculos, a tropa e os sujeitos dentro do carro estavam voltados para a minha direção.

Se para mim mesmo eu já tinha virado Mundo, agora era o momento de assumi-lo para quem cruzasse comigo.

– Eu fui pego de surpresa por esta manifestação – comecei meu discurso improvisado, mas sincero.

– Não sou daqui, estou numa viagem indo atrás de uma garota de quem eu gosto, mas já aconteceram tantas coisas desde que deixei minha casa, brigado com meu pai, que eu não sei mais o que exatamente eu preciso encontrar nesta minha jornada.

Eu percebia os olhos de todos começando a se interessar pela minha fala.

– Quem me incentivou a partir sem medo foi um tio meu que sonhava em fazer cinema. Ele enfrentou muitas coisas na vida, preconceito, exclusão, julgamento, e fiquei pensando que talvez tenha sido a arte, os filmes como esses que sempre passaram aqui dentro desta sala que o salvaram.

E eu apontava a imensa sala ao meu lado.

– Foi também dentro de uma sala igual a esta que eu vi meu pai rir pela primeira vez. Primeira e única, porque, depois daquele dia, nunca mais o vi feliz.

Todos agora me ouviam atentos. Era minha grande chance.

– Eu fiquei pensando nesse negócio chamado arte. Isso que nos transforma – peguei meu exemplar de O *grande mentecapto* de baixo do braço e o ergui, mostrando a todos. – Cinema, livros, peças de teatro, canções. Imaginem como seria se vivêssemos sem eles? Eu sei que aqui, cada um de vocês – e apontei para os homens para além dos jovens –, atrás de seus ternos, óculos, capacetes e uniformes, um dia foram transformados por uma história. Eu só estou aqui hoje porque há uma semana mais ou menos eu li este livro. Ele me apontou um caminho que eu não conhecia para mim mesmo. A arte dá respostas que a gente nem imagina.

Vi soldados de boca aberta e jovens chorarem.

– Se eu pudesse, diria muito obrigado a Fernando Sabino, o cara que escreveu este livro. Diria a tantos outros escritores, cineastas, músicos. Ao cara que criou aquele filme que fez meu pai chorar de tanto rir: "Obrigado!". Pensem, todos vocês, quantos "obrigados" vocês poderiam dizer para a moça que fez a canção que tocou no dia mais especial da sua vida ou para o cara que desenhou o herói preferido da sua infância.

Senti um movimento deles, uma iminência de ataque, mas espalmei a mão no alto, avisando que eu não tinha terminado. Para minha surpresa, eles pararam.

– Tudo bem, caros empreiteiros, vocês podem derrubar este cinema. Mas espero que saibam o que estão fazendo. Imaginem o bem que este lugar fez a tantas pessoas. – Enfim, terminei: – Tenho dito e obrigado!

O silêncio foi total. Todos se olhavam, como se tivessem passado por uma grande tormenta, sem entender muito bem o que havia acontecido.

Eu descobrira um dom e um motivo em que acreditar. Descobrira ou, na verdade, tinha inventado aquilo para mim?

Mais do que ser um escritor, o que eu até desejava, podia ser esse cara que ajuda a transformar. Pensei no meu pai e em sua ordem para que eu encontrasse um rumo. O que ele pensaria se me visse naquele lugar, naquele momento?

Desci da escavadeira, e meus colegas de manifestação vieram me cercar, entusiasmados. Eu achei que a causa estava ganha, até o momento em que ouvi uma marcha – os homens, seus escudos e cassetetes estavam vindo na nossa direção. Lembrei-me do Brito, policial que me fizera companhia na prisão. Que me guardara com todo o afeto, mas dizia que precisava cumprir ordens, não tinha jeito. Talvez fosse o caso daquela gente toda.

Os jovens se posicionaram, fazendo uma parede humana para me proteger. Estavam dispostos a enfrentar, não iriam arredar o pé de lá. Fiquei assustado, intrigado como minha fala não tinha tocado um mísero coração. Até que ouvimos um aviso:

– Esperem!

Todos se voltaram para o ponto de onde vinha a voz. Era um sujeito alto, elegante, vestindo um paletó preto, tinha gel no cabelo. Descera do carro onde estavam os diversos homens. Os presentes foram abrindo espaço para ele caminhar até mim. Ficamos ali, frente a frente, diante da expectativa de todos por uns segundos.

— Eu não sei se você tem razão! — comentou.

Essa era uma verdade: eu não costumava dar ouvidos a pessoas com a minha idade.

— Mas vou pedir para cancelarem a demolição imediata do imóvel. Vou ver se é possível integrá-lo ao nosso empreendimento — ponderou, voltando-se aos seus companheiros que se aproximavam. — Pode ser que mantendo um lugar tão tradicional como este cinema consigamos atrair mais compradores para nosso lançamento.

Não sei o quanto ele tinha entendido por completo o meu recado, mas ainda assim poderíamos considerar aquela uma pequena vitória.

— Só não impeça que a população local possa continuar frequentando a sala. Isso é importante para eles — argumentei, e ele assentiu com a cabeça. Sem grande cordialidade, o homem meu deu as costas e caminhou até o cara de óculos escuros, a quem deu um sinal para dispersar a tropa.

Eu tinha conseguido.

Como assim?

Aquele era o meu poder?

Era sobre isso que tio Franco falava? Sobre ser maior?

Naquele momento fui rodeado pelos jovens manifestantes, que me celebraram. Metralharam-me, disparando perguntas.

– Cara, como você se chama?
– Quem você é?
– De onde surgiu?
– Que poder de argumentação você tem, rapaz!

Apresentei-me, contei quem eu era e todos me aplaudiram. Eu não tinha qualquer recordação de alguém me aplaudir. Colocaram-me de volta em cima da escavadeira, de onde eu podia ver aquela galera do alto. Fiquei emocionado, olhando para o rosto de cada pessoa que ali estava. Ao passear meus olhos neles, uma presença me arrepiou.

Tio Franco, com seu traje habitual, chapéu e paletó claro, também me aplaudia, sorrindo, com cara de orgulho. Não acreditei no que vi. Fechei e cocei os olhos. Depois de chacoalhar a cabeça e voltar à realidade, me dei conta de que ele não estava mesmo lá.

Mas eu juro que o tinha visto! Juro! Depois fiquei sem entender nada, o que era verdade, mentira, vida ou ficção.

No lugar onde ele supostamente esteve, um jovem muito magro, um pouco mais alto que eu, vestindo camiseta e calças jeans, com barba por fazer, sorria do mesmo jeito que meu tio em um átimo de segundo antes.

18
HERÓI

Enfim, eu tinha conseguido o dinheiro para a passagem de ônibus que me levaria até Lara, uma viação que fazia o trajeto para Amoreiras. Por todo o dia, desde o acontecido na manifestação, fui bem acolhido e fiz novos amigos. Todos comentavam sobre o meu feito, meu discurso, e eu ainda tentava entender como aquilo tinha saído de dentro de mim – era tudo muito surpreendente.

Acabei contando sobre minha jornada, como tinha ido parar lá, e teve gente que achou linda a minha aventura apenas para fazer uma surpresa para uma garota. Contei sobre as intempéries vividas até então e comentei sobre minha falta de grana para seguir adiante. A galera se organizou para uma vaquinha, juntaram uma boa quantia e me deram. Respirei fundo, aliviado, lembrando da velha máxima que, depois da tempestade, vem a bonança. Tudo era uma questão de esperar o tempo das coisas.

Com o celular recarregado, tentei contatar tio Franco. Nenhuma resposta ainda. Nenhum sinal da minha mãe também, o que era, de fato, muito estranho, porque, de tempos em tempos, ela me ligava para saber como estavam as coisas. Não sabia se precisava ficar preocupado ou comemorar, pois, no fim das contas, tudo começara a se movimentar. Talvez eu precisasse mesmo desse tempo sem ninguém na minha cola.

A garota que esteve o tempo todo ao meu lado na manifestação sugeriu que eu ficasse na cidade pelo menos por mais aquela noite, pois uma festa já estava sendo articulada em comemoração pela vitória no caso do cinema:

– E, é claro, você é a estrela principal! – insistiu. – Vai, Mundo! Fica, só hoje!

Agradeci muito, mas disse que não podia. Mesmo. Era preciso partir. Já no início da noite, ocupava meu assento no ônibus que me faria estar, dali a algumas horas, diante de Lara. Resolvi mandar uma mensagem para ela. Àquela altura, senti que não tinha mais nada a esconder.

"Oi, tudo bem? Eu só quero te contar que, neste momento, estou em um ônibus indo até sua cidade. Não teve jeito, eu não aguentei. Vai ser demais te ver!"

Cliquei em enviar com os dedos suados. Eu estava realmente nervoso. Acompanhei na tela do aparelho a mensagem ser entregue e visualizada. Lara começou a digitar. Fiquei surpreso com o imediatismo do retorno.

"Não venha, Edinho!", surgiu na minha tela. Assustei-me com o que li. Ela continuava a digitar: "Meu avô não está numa fase boa aqui. Ainda não, meu amigo. Espere para vir!" – e, por fim, completou: "Mas seria muito bom te rever...".

O motorista deu a partida, e o ônibus começou a andar. Eu não sabia o que deveria fazer. Além do pedido, fiquei abalado pela forma que me tratou: como "meu amigo".

Nervoso, pensei em levantar, pedir para o motorista parar o veículo, mas o que eu faria se não partisse?

Então, sem meu comando, o ônibus estancou. Percebi um movimento assentos atrás de mim e um cheiro delicioso entrou pelas minhas narinas. Segundos depois, uma garota de cabelos longos e vermelhos, com um vestido curto, jaqueta jeans, e carregando um violão, passou correndo pelo corredor, esbarrando em meu braço. O perfume dela tinha tomado conta de tudo. Estiquei minha cabeça para acompanhá-la até a parte da frente, ela seguiu até o motorista, conversou com ele trazendo um sorriso amigável ao rosto – parecia agradecer por alguma coisa – e deu-lhe um beijo antes de saltar.

    Curioso, me voltei para a janela, querendo localizar onde estávamos parados. Era um grande pasto. A escuridão me impedia de acessar detalhes, mas pude ver a garota correr pelo terreno na direção de uma luzinha bem distante que, forçando o olhar, dava para supor que era uma casa. Achei graça da cena, ainda com o cheiro dela impregnado em mim. O motor do ônibus foi ligado mais uma vez, com o intuito de seguirmos viagem.

    – Motorista! – gritei. – Espera!

    Não, não sei exatamente por que tinha feito isso, apenas tive vontade de pedir que esperasse. Percebi o sujeito procurar no interior do ônibus quem o tinha chamado. Levantei-me, coloquei minha mochila nas costas e corri pelo corredor até ele. Ao contrário do que havia feito com a garota, me encarou:

– Qual é, hein?

– Vou descer!

Ele pareceu não gostar da minha atitude.

– Tem certeza?

– Absoluta.

Ele acionou a porta automática. Agradeci com um sorriso, mas ele nem deu bola. Antes de saltar, porém, repeti o gesto da menina: dei-lhe um beijo no rosto. Ele se esquivou assustado, mas eu mantive um sorriso e acabei tirando um dele também. Pude ver seu nome escrito em uma plaquinha pregada no uniforme, na altura do peito.

– Tavares? – perguntei.

Ele me encarou.

– Sim, sou eu – ele disse em tom sério.

Não sei se era viagem minha ou apenas uma coincidência, mas não podia deixar de dar o recado.

– Pegue o seu telefone o quanto antes e ligue para a Dagmar.

– Ei, do que você está falando? Volte aqui! O que você sabe sobre...

Eu não tinha como explicar. Virei-me de costas e saltei do ônibus.

– Gente doida! – ouvi ele dizer.

Então, de novo me vi sozinho na escuridão.

— Você tá cada vez mais doido mesmo, Mundo — falei para mim mesmo, rindo de quem eu tinha me transformado.

Eu estava com o pé na beira da estrada. Carros, ônibus, caminhões e motos passavam com suas lanternas acesas cumprindo seus caminhos. Eu me lembrei da minha casa, da avenida. Do tempo em que meu universo era aquele sótão e que todos os meus sonhos e vontades ficavam presos ali. A última vez que estive diante da nossa avenida pensei na possibilidade do fim. Agora, eu só via o começo.

A garota de cabelos vermelhos já não estava ao alcance da minha visão, mas a luz poderia me dar o norte para o caminho. Comecei a correr na direção dela. Seguia meu coração pela primeira vez na vida.

Depois de uns quinze minutos comecei a ouvir uma música ao longe. Era uma música agitada, um ritmo divertido. A cada passo que eu dava, começava a suspeitar de que estava me aproximando de uma festa. Lembrei da comemoração para a qual tinha sido convidado naquela tarde e achei que seria um golpe do destino se eu surgisse assim, do nada, no local. Imagine chegar de surpresa na festa pelo cinema, não seria fantástico? Não tinha outro motivo para uma garota tão bem-arrumada saltar de um ônibus no meio daquele nada se não fosse por uma boa razão como aquela. Achei divertida a situação. Comecei a caminhar depressa, um tanto mais animado.

Era um galpão grande. Da distância em que eu estava, já podia ver as primeiras pessoas perto de uma porta. Era de lá que vinha a música. Entrei, e tinha gente circulando e dançando pelo salão. Apesar de ter conhecido algumas figuras naquele dia à tarde, não reconheci ninguém ali dentro. Ainda assim, senti vontade de descobrir onde tinha ido parar a menina do ônibus.

A cada passo que eu dava, pensava não estar no lugar que imaginava. Eu, que esperava a juventude da turma da manifestação, dei de cara com um pessoal que mais parecia da galera do tio Franco. E eles estavam bem felizes. O ambiente estava todo decorado, mesmo que com gosto duvidoso. Alguns senhores e senhoras se balançavam numa pista em pares ou sozinhos, bebericavam drinques entregues por um único garçom com cara de cansado e havia ainda aqueles já encostados nas mesas, tirando uma soneca.

– O que eu fiz de errado? Será que me perdi no meio do caminho? – perguntei-me preocupado. – Não tenho ideia de por que a garota saltou aqui neste lugar!

Fiquei um tempo rondando meio sem saber o que fazer, se insistia na minha busca ou se fugia dali. Mas, optando pela segunda possibilidade, teria que levar em conta que estava num lugar distante, ermo, desconhecido. Mas, ao menos, agora tinha um celular e um pouco de dinheiro, o que valia o risco (e, quem sabe, eu até pudesse encontrar a festa certa).

Foi quando alguém tocou no meu ombro:

– Ei, eu não te conheço de algum lugar?

Olhei para trás e dei de cara com um jovem. Finalmente, alguém mais ou menos da minha idade. Ele sorria para mim, simpático. Logo o reconheci: era aquele que me aplaudia e em quem, por um instante, vi a figura de tio Franco. Envergonhado por estar ali, respondi:

– Pode ser que sim.

– Ah, você é o herói do cinema! – ele me apontou. Senti que estava feliz em ter me encontrado e logo me enlaçou em um abraço afetivo. – Bom te ver aqui!

Parecia que nos conhecíamos há muito tempo. Soltou-me e corrigiu sua última fala, olhando-me nos olhos.

– Quer dizer: como você veio parar aqui neste lugar? – então, colocou seu braço no meu ombro e me puxou para um comentário particular. – Não posso te dizer que este é o lugar mais divertido para estar. Pode ser engraçado, talvez.

– E por que você está aqui? – questionei, curioso.

– Boa pergunta, herói! – e ele, então, caminhou entre os presentes até chegar a um pequeno palco. – Meu nome é Kevin. Eu sou baterista de uma banda que toca em festas. Faz um tempo que a gente é contratado para este encontro dos formados de 1971 da Escola Municipal. Trabalho, grana, né? Aí a gente vem.

Kevin subiu no palco e começou a mexer numa bateria que ficava ao fundo, ajeitando os pratos e separando as baquetas. Fui ficar próximo dele.

– Mas você não me contou, herói. O que faz perdido aqui? Seu feito chegou até essa galera, você é convidado de honra? Olha que esta turma devia estar na inauguração do cinema – brincou.

— Nada disso... – e comecei a contar o acontecido: – Estava no ônibus, seguindo minha viagem, quando uma garota...

Antes que eu terminasse, ela surgiu. Sim, a própria. De perto, era bem mais bonita. Veio até nós, foi logo falando com Kevin e ignorou minha presença.

— Pronto, já fiz a minha maquiagem! Quando quiser, podemos começar! – avisou.

Então, começou a fazer uns barulhos estranhos com a boca. Achei engraçado. Kevin, sempre atento, percebeu a minha cara e também riu.

— Ela está aquecendo a voz. A Pilar é a cantora da banda. Deixa eu te apresentar.

Ele a puxou pelo braço e ficamos frente a frente. Eu estava tímido diante dela, o gigante ficou pequeno: Pilar era deslumbrante. Olhos vivos, intensos, sorriso enorme.

— Você ficou sabendo do caso da manifestação do cinema, Pilar? – Kevin perguntou.

— E quem não soube? – ela respondeu sem tirar os olhos de mim.

— Então, este é o cara. Ele fez o discurso que salvou nosso cinema!

— Mentira! — a menina exclamou, levou as mãos à boca, antes de me apertar em um abraço. — Que alegria te conhecer!

Fiquei bem sem graça. E, confesso, com o pé atrás. Eu devia desconfiar de tamanho carinho assim, do nada. Lembrei da confusão com Julian.

— Herói, a gente precisa começar o show. Os formandos estão esperando — Kevin falou, tomando seu lugar.

— Eu não entendi como você veio parar aqui nesta festa — Pilar disse, e eu não quis revelar que tinha vindo atrás dela. — Mas, já que aqui está, curta nosso som. Depois me conte o que achou!

Assenti com a cabeça e fiquei ali no canto observando os dois se posicionarem junto de mais um sujeito que tomou uma guitarra nos braços.

A apresentação foi incrível. Eles conseguiam contagiar o público, com músicas dançantes, divertidas. Tinham uma sintonia única. Kevin se entregava na bateria e Pilar soltava sua voz grossa, potente. Ninguém ficou parado, nem aqueles que dormiam no momento em que cheguei. A banda pôs o galpão abaixo e até eu, bem tímido, comecei a balançar desengonçado do lugar de onde assistia à apresentação.

Pilar, em determinado momento, saltou do palco munida de um violão e cantou e dançou com um formando, esse sim foi o auge do show. Ao finalizarem, todos estavam exaustos e completamente felizes. Aplausos intensos e agradecimentos. Muitos deles foram parabenizar o trio no momento em que guardavam seus instrumentos.

Eu fiquei esperando por eles. Na verdade, estava perdido, eles eram as únicas pessoas que eu conhecia. Enquanto acertavam os últimos detalhes – talvez a questão do pagamento do cachê –, saí do galpão e caminhei um pouco sob a noite estrelada. Pensei, por um instante, em escrever outra vez para Lara. Perguntar se estava tudo bem, o que tinha acontecido com Turíbio e tudo o mais. Não sabia se soaria educado ou irônico. E, além do mais, já era tarde. Desisti.

Vi Kevin e Pilar saírem por outra porta. Eles se despediram com um abraço longo e apertado, e ela partiu pela escuridão, carregando o violão. Kevin acendeu um cigarro e ficou admirando a paisagem, pensativo. Aproximei-me dele.

– Ô, herói! – exclamou ao me ver. – Chega mais!

– Parabéns pela apresentação! – falei, tímido.

– Ah, obrigado. A gente curte demais fazer isso, deixar os velhinhos felizes – ele riu.

– Você manda bem.

– Tô tentando, herói.

– Pilar também canta bem.

– Ela é maravilhosa, né?

Fiz que sim com a cabeça. Ele deu o último trago e jogou a bituca no chão, pisando nela.

– E aí, o que vai fazer agora?

Fiquei muito envergonhado com a ideia de ele saber que o "herói" não tinha para onde ir. Como demorei a responder, ele me deu um toque no peito e chamou:

– Se está sem rumo, vem comigo!

19
VOO

– A gente vai nisso aí? – perguntei.

Kevin se virou para mim parecendo ofendido. Eu não queria que ele se sentisse daquela forma, só fiz essa pergunta porque eu não esperava que me convidasse para andar de moto àquela altura dos acontecimentos. Depois percebi que estava fazendo tipo. Aproximou-se do veículo e o acariciou com intimidade.

– Tem algum problema com minha companheira? – revidou com um sorriso no rosto.

– Não, imagine... – gaguejei. – É que eu não estava esperando. E, outra, nunca andei numa dessas.

– Tá com quantos anos? – ele quis saber.

– Dezesseis. Acabei de fazer.

– Então está no momento certo. Está na hora de um monte de primeiras vezes. Essa, pelo menos, eu te proporciono – ele brincou, me entregando um capacete. – Coloca aí e vamos.

Fiquei animado, ainda que tivesse um pouco de medo pela falta de experiência.

– Mas não é perigoso? – perguntei.

– Ora, ora. Você enfrentou um exército hoje à tarde, agora está se tremendo todo pra essa carona, cara? Ele tinha razão. Subiu na moto, e eu me posicionei atrás dele.

– Mas você não me contou ainda de onde é, o que está fazendo por estas bandas. Você é menor de idade, como disse que brigou com seu pai, sua mãe sabe que você está aqui? – Kevin perguntou.

Fiz que não com a cabeça, e ele riu.

– Ótimo! Gosto de adolescente assim. Rebeldão mesmo.

– Estou viajando alguns dias para encontrar uma garota – contei.

– *Uou!* Namorada?

– Não.

– Ficante?

– Também não.

– Uns beijinhos só?

– Nada.

Ele virou para mim com os braços cruzados, admirado.

— Isso que é investimento, hein?

— Talvez.

— Você gosta mesmo dela, então? As meninas viram nossa cabeça às vezes, não é?

— Pois é – concordei, antes de perguntar: – Você tem namorada?

Ele balançou a cabeça e deixou no ar. Deu um risinho que me fez ficar sem entender.

— Ah, pode ser... – resmungou olhando para o horizonte. – Sempre existe alguém em vista, né?

Fugindo do assunto, enfiou o capacete dele na cabeça.

— O papo tá bom, mas assim vamos perder a festa.

— Outra festa? – questionei.

— A de verdade – ele respondeu. – Preparado, herói?

Toda vez que Kevin me chamava de herói, aquilo me tocava de um modo especial. Aquela qualificação parecia estranha para mim. Mas, ao mesmo tempo que eu a renegava, queria em alguma instância me apropriar dela, mas não por prepotência ou algo parecido. Era apenas a possibilidade de aceitar um afeto.

– Não sei se estou, mas vamos! – respondi.

– Confia em mim, confia em mim!

Então, ele ligou o farol da moto e acelerou. O motor roncou alto e chamou a atenção dos últimos convidados que deixavam o galpão. Alguns nos aplaudiram, bêbados. Foi engraçado.

A escuridão se abriu com a luz da moto. Partimos. Primeiro foi devagar, na área em que existia um matagal mais denso.

– Essa aqui é minha companheira. O nome dela é Ella. Não me larga de jeito nenhum! – contou.

– Sua moto se chama Ella?

– E qual o problema? Uma homenagem a Ella Fitzgerald, musa do jazz.

– Que demais! – e então lembrei do pouco tempo que tive comigo a bicicleta do meu tio. Tentei fazer parte do assunto. – Eu tive uma *bike* por poucas horas, mas roubaram. Nem sei se antes ela tinha um nome...

– Se roubarem a Ella de mim, não sei o que faço.

Na toada em que estávamos naquele caminho de terra rodeado de mato, ainda era possível nos ouvir e trocar uma ideia. Mas bastou Kevin chegar na estrada – elas, sempre elas – e ele acelerou de um jeito que eu não esperava. Mais uma vez, a escolha das velocidades. Nunca tinha ido tão rápido assim na minha vida. Abracei o tronco do meu companheiro sem qualquer constrangimento, temendo ser lançado para trás. Ele parecia se divertir, e, apesar do barulho intenso que o motor fazia, tive uma leve impressão de que Kevin estava com o riso solto, aproveitando aquela sensação de liberdade. De início, a tensão da primeira vez me impedia de curtir o momento. O medo tomava conta da experiência, mas logo achei que não deveria sucumbir a ele. Permiti-me sair do controle, confiar mesmo em Kevin, fechar os olhos e sentir o vento bater no pedaço do meu rosto exposto pelo buraco do capacete.

Voamos.

Eu, ali, um gigante voador. Senti que me tornava isso naquela noite, o que só foi possível, supus, por ter cruzado com alguém que já tinha se permitido ser algo parecido. Mesmo com pouco tempo de contato, haviam sido apenas algumas horas, tinha sentido a energia de Kevin. Ele era diferente de todas as pessoas que eu tinha conhecido até então.

– E aí, herói? – ele gritou no meio da imensidão. – Tá vivendo isso? Tá?

Não consegui responder-lhe. É que naquela hora eu estava mesmo vivendo o momento. Não sei precisar quanto aquela viagem durou em distância ou tempo, mas talvez nenhuma dessas medidas fossem capazes de dar conta da infinidade de coisas que aquele caminho tinha me proporcionado. Coisas que apenas senti e que, ainda hoje, não consigo descrever direito.

20
RITMO

A moto estacionou em frente a uma espécie de bar, não mais numa área inóspita como a do galpão da festa dos formandos de sei lá quando, mas já em um ambiente mais urbano, com casas e comércios ao redor. Não era, porém, uma cidade de muitos prédios. Na porta, alguns jovens se aglomeravam, formando pequenos grupos que jogavam conversa fora e bebiam. O clima era agradável.

Kevin saltou da moto, tirou o capacete e colocou-o no guidão. Eu fiz o mesmo e entreguei-lhe o capacete que usei. Olhou sua imagem no espelho retrovisor. Curvou um pouco o corpo para poder se ver melhor, passou a mão na barba ajeitando alguns fios e depois passeou a palma pelo cabelo. Bem vaidoso, conferiu também os dentes e tirou um fiapo de tecido pregado em sua camiseta preta. Achei curioso aquele cuidado todo e fiquei pensando se tinha algum motivo especial para estar o mais bem apresentável possível.

– Tá bonito, cara – não resisti em fazer piada. Ele riu para mim um pouco sem graça. Com a cabeça, indicou o movimento das pessoas.

– Vamos, herói!

Olhei com cuidado a cena e parei.

– Puxa, não sei se quero entrar.

– Ei, ei! O que deu em você? Acho que está todo mundo te esperando, rapaz. Afinal, você é praticamente a razão desta festa existir.

Ele tinha razão. Mas fiquei de bode de repente, perdi a vontade. Rolou do nada, um baque. A experiência libertária da moto tinha sido incrível, mas aí, de repente, senti o choque de realidade. As preocupações vieram de uma vez: será que meus pais me procuravam? Não deveria avisar onde estava? E o tio Franco, que não dava nenhum sinal?

Era impressionante como Kevin tinha o tino para perceber tudo nas pessoas.

– Você não está bem... – me encarou. – O que foi?

– Muita coisa acontecendo na minha vida, cara.

– Vamos entrar, lá dentro a gente conversa.

Assenti com a cabeça e o segui. Ele atravessou a porta do bar e caminhou por um corredor lotado de gente. Pessoas de todos os tipos o cumprimentavam, ele parecia popular entre a galera. Pensei que fosse por causa da banda. Músicos sempre ganham um "status" especial. Lembrei-me do moleque nada a ver que era celebrado pelas garotas só porque sabia fazer uns acordes bestas no violão.

Já eu recebia uns "ois" por tabela, mas quase ninguém estava me reconhecendo. Talvez eu não fosse a estrela tão esperada da noite. Para algumas pessoas, Kevin parava e me apresentava. Eles ficavam surpresos com minha presença ali, faziam festa e até me abraçavam – é verdade que alguns já estavam sob efeito do álcool. Eu ainda não estava acostumado com aquele lugar "especial" a que haviam me alçado.

Encontramos um canto onde a música não estava tão alta e era possível trocar uma ideia. Kevin encostou no balcão e pediu uma bebida para o atendente.

– Tá pensando na gata? – me perguntou. – Por isso a cara de preocupação?

Fiz que não com a cabeça.

– Então qual é? Conta aí! De repente, eu consigo ajudar, herói!

– Eu estou meio que perdido aqui, Kevin. Ninguém sabe o meu paradeiro.

Ele, que dava um gole em uma bebida que não consegui identificar – eu era ruim nisso, nunca fui de beber –, ficou com o copo suspenso no ar.

– Como é que é? Você saiu atrás de uma garota sem avisar ninguém?

Expliquei com calma toda a história. Ele achou tio Franco o máximo – "O cara virou meu ídolo!", brincou – e logo ficou ciente de todas as encanações que rondavam minha cabeça naquele momento. Saí contando tudo para ele, sem nenhum filtro.

– Calma, vamos com calma! – ponderou depois de me ouvir com atenção. – Agora, a essa hora da noite, não vamos poder fazer nada. Todo mundo está dormindo, e se a gente sair ligando para alguém pode ser um desastre.

Ele tinha razão. E continuou sendo o mais prático possível:

– Então, se não podemos resolver o problema agora, não vamos ficar travados nele, herói. Vamos curtir esta noite! – e voltou-se para o garçom pedindo outra bebida. – Fica em casa até amanhã que te ajudo nessa confusão toda. Mas é isso: não encane com essas coisas agora, não vai adiantar nada. Viva o presente.

Então, pegou a bebida que o garçom acabara de deixar no balcão à nossa frente e me entregou.

– Não, cara, obrigado. Eu não bebo...

Ainda com a mão me oferecendo a bebida, ele deu uma piscadela, como quem insiste e provoca a experiência. Peguei o copo e o levei à boca. Ele levantou o dele, buscando um brinde. Beberiquei um pouco do que tinha ali, forte demais para o meu paladar, mas não me permiti passar a vergonha de cuspir tudo. Engoli tentando disfarçar a careta. Kevin riu da minha cara.

– Você é uma comédia! – disparou, mostrando todos seus dentes. – Vai fundo, você se acostuma. É sempre assim no começo.

Eu comecei a rir. Achei engraçado. Parece que eu estava perdendo a tensão. Uma tensão que eu carregara por toda uma vida. Aquilo que estava acontecendo era inexplicável. Mesmo com poucas horas de convívio, era visível como éramos muito diferentes um do outro. Ele era expansivo, vivo, um tanto inconsequente; eu, um tanto mais racional, apreensivo, analítico. Mas achei que ele tinha se afeiçoado a mim de verdade. Parecia que eu havia encontrado, do nada, uma espécie de porto seguro.

O tempo das coisas parecia não fazer sentido. Experiências curtas pareciam ter décadas, um milhão de coisas acontecendo sem parar em poucos dias. Talvez não se tratasse do que o relógio dita, mas do que a alma precisa. E sentia não apenas na viagem, mas na vida que acontecia e eu percebia a cada instante.

Eu sei que podia ser exagero, um tanto de euforia e encantamento, mas logo percebi como Kevin me acolhia de um jeito diferente. Sem falar naquele lance misterioso que tinha rolado antes: foi no rosto dele que vi refletida a imagem de tio Franco na hora da manifestação. Isso queria dizer alguma coisa?

Não consegui avançar pela minha viagem particular porque fui puxado pela mão, fazendo com que boa parte da bebida que estava no meu copo – ainda bastante cheio – se despejasse pelo chão.

– Vem, herói, vou te apresentar para mais pessoas – me recrutou.

Circulamos pelo local, ele me apresentando e dizendo que eu ia passar uns dias na cidade. Muitos perguntavam qual o motivo da minha visita, e eu não sabia se devia contar sobre minha peregrinação, resumir à busca por Lara ou aceitar de bom grado todas as mentiras que Kevin passou a contar sobre mim.

– Esse é dos bons! – ele me exaltava. – Não é à toa que fez o que fez hoje à tarde. O menino tem só dezesseis anos e anda de cidade em cidade tentando ajudar as pessoas a resolver situações. Aqui na nossa, seu grande feito foi manter o cinema vivo. Então, resolvi convidá-lo para passar mais uns dias por aqui para que ele descanse um pouco. Vida de herói não é fácil.

Kevin já sabia algo que eu estava descobrindo naquele momento, a capacidade de inventar a vida. E funcionava: as pessoas achavam graça naquele discurso. Não sei se acreditavam ou não, mas pouco a pouco fui me tornando uma espécie de figura mítica naquela festa, alcunha que eu não sabia se cabia muito bem ao menino que até dias antes ficava trancado no sótão mexendo em seu celular.

A festa foi se animando com o passar do tempo. Quanto mais madrugada, mais pessoas, mais agito. Em certo momento, todos avançaram para a pista ao som de uma música dançante. Kevin se soltou e foi o centro das atenções.

Ele era leve.

Ele voava pela pista.

Mexia a cabeça cantarolando a canção.

Atraía pessoas, que se juntavam para balançar o corpo ao lado dele.

Achei divertido.

Quando vi, eu estava lá no meio, com todo mundo.

Como eu tinha ido parar ali?

Tímido, não sabia muito bem o que fazer, qual parte do corpo mexer, como me deixar ser visto, me expor sem ter medo, vergonha.

Meu corpo também desejava se libertar, se permitir.

Por que não?

Com uma trilha incrível ao fundo, uma canção que fizera sucesso décadas antes, todos cantavam a plenos pulmões. E eu adorava aquela música, mas nem sabia disso até aquele momento.

Comecei a inventar movimentos e me soltar, como se não me importasse com ninguém. Esse era o segredo.

Dancei.

Dancei mesmo.

Dancei como nunca antes.

21
ESCRITA

— Você gosta de ler? — perguntei.

— Putz, não sou desses — Kevin respondeu com o olhar fixo no teto. — Pelo jeito você é. Desde cedo não largou esse livro.

— Já o li três vezes.

— Ah, tá zoando! E por que alguém lê três vezes o mesmo livro? — ele questionou e se levantou do chão, passando os olhos na capa do livro que eu segurava: — *O grande mentecapto*, Fernando Sabino.

— Conhece?

— Esse Sabino não me é estranho. Ele não é aquele do *Menino no espelho*?

— Exato, o próprio. Eu ainda não li esse do espelho, o *Mentecapto* é o meu primeiro dele.

— Li na escola. Tinha um lance dele com uma galinha, e que depois fizeram ela para o almoço, não é? Eu lembro bem disso, me impactou demais, herói.

– Nossa! – exclamei. – Ganhei este livro do meu tio. Na verdade, encontrei na estante dele, me chamou a atenção pela palavra "mentecapto". Lembra do avô da menina que me pegou no flagra?

– É o começo de toda essa sua jornada, não?

– Sim. Ele me chamou de mentecapto naquela noite em que tudo aconteceu. Pelo menos foi o que eu ouvi – comecei a rir. – Agora estou rindo, mas na hora me borrei todo.

– Mas o que é mentecapto? – ele perguntou, rindo também.

– Tipo maluco, Kevin. Maluco! – brinquei.

Estávamos no apartamento em que ele morava com uns amigos que, segundo tinha me contado, tinham viajado naquele fim de ano. Depois da festa do dia anterior, da qual saímos já com o dia raiando, ele me convidou para descansar um pouco antes de decidir o que iríamos fazer. Era um apartamento pequeno, com dois quartos, um banheiro e uma cozinha. A sala tinha uma televisão antiga que mal funcionava em cima de uma caixa de madeira improvisada, um sofá que virava cama – onde eu tinha dormido – e uma mesa simples com um notebook bem desatualizado. Kevin sentou-se diante do computador e acessou um site de busca.

— Falando nessa sua maluquice, vamos descobrir se você está sendo procurado pelo FBI ou pela Interpol — ele disse já com os dedos prontos para digitar. — Diz o nome completo.

— Edmundo Zappe Filho — falei, e ele escreveu no buscador, acionando uma pesquisa sobre mim.

Nada de muito importante surgiu como reposta. Apenas um link da lista de alunos da minha escola e a publicação de um texto que mandei para um blog de jovens talentos — texto que, por sinal, era muito ruim e do qual tinha muita vergonha. Ainda assim, Kevin clicou e resolveu ler.

— Hum, você também escreve, herói?

— Acho que não sou bom nisso. Só tento colocar as coisas no papel às vezes, sabe?

— Tem vontade de escrever um livro? — ele perguntou, antes de emendar numa ideia: — Bom, se eu fosse você, começava agorinha mesmo, aí no celular. Essa viagem que você está vivendo daria uma grande história...

Ele tinha razão, não tinha pensado nisso. Kevin deixou a mesa e se aproximou da janela, acendendo um cigarro.

— Bom, aparentemente não tem nenhuma polícia atrás de você. Você acha que vale um telefonema para a sua família?

Levantei-me do sofá onde estava, pensativo.

— Não sei. Só estou encanado que minha mãe não ligou mais. E para meu tio, tento, tento e nada.

— Ligue para ela, acho que pode ser uma boa.

Na verdade, eu estava sem coragem. Não sabia o que dizer para a minha mãe, como iria mentir daquela maneira. Mas segui o conselho de Kevin, achei mais prudente. A ligação chamou, chamou, e ela demorou a atender. Depois de um tempo ela disse "alô".

— Oi, filho. Tudo bem? — tinha uma certa apreensão do outro lado. Ela disparou a falar. — Tentei falar com você esses dias, você não atendeu. Consegui falar com seu tio, ele disse que você tinha dado uma volta. Fiquei feliz ao saber que você está aproveitando esse tempo por aí.

— Oi, mãe... — respondi assim que ela parou de falar. — Está tudo bem aí?

— Está tudo ficando melhor — respondeu, e eu gelei.

— O que aconteceu?

— Ah, seu irmão...

— O que foi que aconteceu com o Elídio? — preocupei-me.

— Bateu o carro, acredita?

— Mas ele está bem? Ele se machucou?

— Não, graças a Deus não. Está ótimo. Mas o carro ficou bem destruído. Seu pai está agora com ele na oficina, estão tentando dar um jeito. O seguro não estava pago, você sabe como estavam as coisas, né, meu filho? O dinheiro estava contado...

— E quanto tempo faz isso?

— Uns cinco dias mais ou menos. Desculpe não ter tentado falar com você mais, filho. Muita coisa acontecendo por aqui. Mas o coração da mamãe sabia que você, ao menos, estava bem.

— Sim, claro.

— E o tio Franco? Comeu toda a geleia que eu mandei para ele? Você experimentou? Estava boa?

— Comemos tudo, mãe. Estava uma delícia — menti.

— Ah, que ótimo!

— Então, tá bom, mãe... a gente se fala!

— Fique com Deus, filho. Depois nos fale quando quer voltar, tá bom?

— Tá bom. Tchau!

– Tchau.

Desliguei sob o olhar atento do meu amigo.

– E aí?

– Aparentemente está tudo bem lá.

– Estavam preocupados com você? Por que ninguém ligou?

– Meu irmão bateu o carro. Virou o centro das atenções. Todo mundo em cima, tentando consertar o estrago. Pelo jeito o carro é mais importante do que...

Não consegui terminar a frase e comecei a chorar. Aquele jeito que todos me tratavam, com tamanha indiferença, aquele descuido sempre me incomodara. Mas eu nunca tinha extravasado aquilo como dor. Diante de Kevin, que tinha uma postura diferente comigo, desabei. Ele ficou em silêncio, enquanto me afogava em lágrimas no sofá. Ele parecia saber que eu precisava daquilo, precisava ligar para ouvir, compreender, absorver e tirar tudo de mim.

Fiquei assim por alguns minutos até me recuperar. Quando fiquei mais calmo, Kevin voltou a pegar meu telefone e me deu.

– Agora ligue para a menina.

– Para quem? – estranhei.

— Para a garota que você está atrás. Como ela se chama mesmo?
— Lara.
— Sim, para a Lara. Ligue para ela e diga que em poucos dias você estará lá, com ela.
— Mas eu não posso...
— Quem disse para você que não pode? Herói, lembre sempre do que você é capaz. Desamarre alguns nós e amarre outros. Construa sua própria história.

Ele sabia das coisas. Peguei o aparelho das mãos dele, busquei o contato de Lara e liguei.

— Edinho? — ela exclamou do outro lado da linha e aquele nome me causou embrulho no estômago. Depois do susto inicial, baixou o tom de voz:
— Tudo bem com você?
— Lara — fui direto ao ponto. — Eu preciso te ver.

Ela ficou em silêncio por um momento.

— Eu também gostaria muito de te ver — confessou. — Desculpa outro dia que eu falei para você não vir. Você sabe, meu avô... fiquei com medo depois de tudo o que aconteceu.

— Eu sei, o seu avô — repeti. — Mas e aí, até quando ele vai decidir a sua vida, Lara?

Silêncio outra vez.

– Você tem razão.

– Pense nisso – pedi. – Apenas pense nisso.

Despedimo-nos e desliguei o telefone. Olhei para Kevin, que acompanhava a conversa ali ao lado. Ele sorriu e piscou o olho, como sempre costumava fazer.

– É isso aí, herói. Belo livro o que você vai escrever.

22
DESEJO

Numa noite, Pilar surgiu lá no apartamento. Kevin não tinha me avisado nada sobre visitas, mas pressenti sua chegada ao sentir a cozinha, onde eu preparava um lanche, ser tomada pelo perfume que me encantou na primeira noite em que a vi. Descobri que eu tinha um lance com cheiros, eles mexiam comigo em um lugar que não conseguia explicar. Não sabia muito bem como agir na iminente presença dela que, confesso, me tirava do eixo.

Meu amigo abriu a porta da sala após a campainha soar, e eu ouvi a voz dela.

– Kev! – ela celebrou.

– Pi! – ele retribuiu no mesmo entusiasmo.

Ficaram um tempo em silêncio, enquanto me recolhia na cozinha, mordendo um pão, cena patética de um garoto cheio de medo. Logo tive que me recompor, limpar as migalhas da minha boca e do meu colo, porque os dois apareceram ali para me cumprimentar.

– Você acabou ficando mesmo por aqui, hein, Mundo? – e ela veio me abraçar. Um abraço apertado, diferente de todos que recebi, demorava uns segundinhos para largar e era tão, mas tão verdadeiro...

Atrás dela, Kevin me olhava com uma cara de sacana, sabendo muito bem como eu ficava constrangido naquela situação. Dias antes, cheguei a perguntar sobre Pilar e ele ficou surpreso com meu interesse.

– Mundo, Mundo. Por que bateu essa saudade aí?

– Ah, sei lá, Kevin. É que quando a gente se conheceu, ela estava lá e depois nunca mais apareceu – tentei contornar aquele aperto.

Mas Kevin era esperto.

– Tá bom. Eu sei o que ela causa nos garotinhos como você – zombou de mim e depois contou mais sobre a amiga. – A Pilar é cheia das coisas dela. Faz mil bicos para se virar, aí dá umas sumidas. Ela precisa muito de grana. Está estudando veterinária, acredita? Tem uns tempos que ela também fica focada nos livros e tudo o mais. Ela gosta de ler, como você...

Essa informação despertou meu interesse, sem que eu pudesse esconder um sorriso.

– Mas em breve a gente vai voltar a ensaiar para uma apresentação no mês que vem. Aí ela volta para o convívio social.

– Não imaginava que ela estudava veterinária – disfarcei o entusiasmo. – Devia investir na carreira de cantora. Ela manda muito bem.

– E eu não sei, Mundo? Canta melhor que um monte de meninas que aparecem na internet. Mas ela diz que esse negócio de música é só por *hobby* – contou, finalizando em um suspiro lamentoso. – Uma pena.

Também suspirei, e isso foi a deixa para o Kevin.

– Eu sei que você tá na rota da Lara, mas ficou doidinho na Pilar, né?

Fiquei bem sem graça.

– Imagine, Kevin. Que doidice.

– Mundo, fica em paz. Você tem dezesseis anos. Essas coisas têm que acontecer mesmo.

– Mas nem sonhando ela iria olhar para mim.

Ele pegou um cigarro e acendeu, fazendo um gesto de negativo com a cabeça.

– Você se desmerece demais – comentou.

– É que meu foco é a Lara.

– E não pode desviar?

Ele riu do meu olhar surpreso. Como eu era iniciante naqueles assuntos.

– Nem um pouquinho? Qual o problema? – aproximou-se me cutucando. – Ah, para de besteiras, herói!

E por toda aquela noite que Pilar esteve no apartamento, rolou uma certa tensão minha, temendo que Kevin desse com a língua nos dentes, mesmo que em uma brincadeira inocente. Por mais que eu já não fosse tanto Edinho, por mais que eu tivesse dado lá meus bons passos como Mundo, eu ainda tinha dificuldades com as garotas. Era só lembrar que a Iná é que tinha me agarrado. Imagine lidar com uma mulher como Pilar... Kevin tinha seu jeito único, sabia conversar, chegar perto. Eu ficava só observando o jogo dos dois e fiquei pensando se nunca tinham tido nada.

Eles conversavam, riam um para o outro, relembravam histórias, e eu entre eles, dando sorrisinhos quando era acionado, tentando fazer parte daquela intimidade. Não que não me permitissem, muito pelo contrário, eram bastantes generosos até, sempre me colocando no assunto ou contextualizando fatos que viveram juntos. Pilar preparou uma macarronada para a gente comer e Kevin separou algumas bebidas. Sem função naquele preparo, prometi lavar a louça.

— Quer experimentar algo hoje, herói? — Kevin disse me entregando uma taça de vinho, mas agradeci, não conseguia mesmo beber nada.

— É tão bonito o jeito que você chama ele, Kev — Pilar comentou nos servindo o jantar. — Parece que vocês se conhecem há séculos.

Kevin me olhou com afeto.

— Eu gosto desse cara.

Olhei para ele da mesma maneira. Era estranho para mim aquilo: alguém gostar de mim de verdade. Sem julgamentos, sem questionamentos.

— E vocês se conhecem há muito tempo? — perguntei.

— A gente estudou junto — Pilar começou a contar.

— Esse tranqueira me segue desde o Ensino Médio.

— Só saí de lá por causa das colas que ela me passou — revelou Kevin aos risos.

— Isso é verdade. O Kevin era péssimo nos estudos. Mas, em compensação, sempre teve esse talento para a música. Eu também curtia cantar, aí montamos a banda, e foi por isso que a gente se conectou.

Mas foi mais para ganhar uma graninha, sabe?
— Foi para fazer sucesso! — Kevin a corrigiu. Pilar riu do entusiasmo do amigo.

— Kevin sonha com isso, Mundo. Diz que ainda vai ser baterista de um clube de jazz em Nova York.

— E vou mesmo! — confirmou, sugando um fio do espaguete. — Vou ser aplaudido no mundo inteiro!

Kevin, até aquele momento de nosso convívio, não tinha me contado nada sobre aquele sonho.

— Então, ele tá juntando dinheiro para isso — contou Pilar. — Eu quero mais que ele exploda e seja reconhecido mesmo.

— Você também tem talento para isso — deixei escapar, e Kevin me deu um sorrisinho.

— Eu sei, mas não é a minha. Não é para isso que estou aqui. Tipo missão, saca? Eu acho que cada um tem a sua e a gente precisa ficar esperto nela. Se a gente deixa escapar a missão, pode se perder para todo o sempre. Eu sei que tenho talento para a música e amo cantar. Mas desde criança tenho uma relação diferente com os bichos, não sei explicar.

— É, o Kevin me contou que você faz veterinária.

— Nossa, então eu ando sendo assunto de vocês? — ela brincou.

– Ih, o herói só pergunta sobre você, dia e noite – disparou meu amigo, me pegando desprevenido.
– Não, não é verdade... – falei confuso, enquanto os dois se divertiam com a minha cara.
– Ele vai ser escritor – Kevin mudou a rota da conversa para me salvar. Quando disse aquilo, com propriedade, validando um desejo que eu ainda não sabia direito, lembrei do meu pai quando soube que eu tinha colocado essa profissão como possibilidade para o meu futuro. O quanto ele tinha desconsiderado qualquer possibilidade daquele desejo.

Pilar arregalou os olhos surpresa e voltou-se para mim:
– Jura, Mundo? Que lindo!
– O cara já leu três vezes o mesmo livro, acredita? – Kevin exaltou aquele feito que o surpreendera.
– Eu ainda não sei – ponderei. – Preciso descobrir qual é esse lance do meu futuro.
– Tu é novinho. Pi, ele tem dezesseis ainda – contou Kevin para a amiga.
– Ih, então tem tempo. Não precisa ter pressa para nada, Mundo. Tudo vai acontecer conforme você caminha – e ela deu um gole longo na bebida e

concluiu, causando risadas: – Ai, gente, muito existencialismo para um prato de macarronada!
Naquele momento a campainha tocou.
– Ah, a Cate chegou! – vibrou Pilar, deixando a mesa e indo até a porta, como se fosse a dona da casa.
Olhei para Kevin querendo saber de quem se tratava. Eu não sabia que outra visita chegaria. Ele terminou de mastigar, limpou a boca com um guardanapo e contou:
– É a minha garota! Estava com uma saudade danada dela!
Ele também não tinha contado nada para mim sobre aquele relacionamento. A Cate devia ser da turma, amiga dos dois, pois Pilar a abraçava com força na porta, feliz em encontrá-la. Kevin também saiu da mesa e foi recebê-la, cumprimentando-a com um beijo na boca. Não era beijinho de colega, era beijo de verdade.
Os três logo voltaram para a cozinha. Cate era bonita – não tanto quanto Pilar –, mas tinha charme. Cabelos castanhos ondulados, um pouco mais baixa que Kevin, que a abraçava pela cintura.
– Oi, herói do cinema! – ela veio até mim e me levantei para cumprimentá-la. – É uma honra conhecê-lo!

– Imagina, prazer o meu! – retribuí.

Antes que a conversa pudesse avançar, Kevin contou seu plano.

– Bom, acho que depois vocês podem se conhecer mais – disse, puxando Cate pelas mãos e saindo da cozinha. – Vocês vão me desculpar, mas é que faz muito tempo que a gente não se vê.

Cate riu e revirou os olhos.

– Exagerado! – e se permitiu ser levada pela mão.

Os dois saíram da cozinha rumo ao quarto de Kevin. Pilar e eu ficamos ali sozinhos. Olhamos um para o outro, rindo.

– O Kevin não tem jeito mesmo – ela disse, começando a tirar os pratos da mesa.

– É, é verdade – falei todo sem jeito, não sabendo o que fazer sozinho com Pilar. Comecei a ajudá-la a arrumar as coisas.

– Fica de boa, Mundo. Você é visita. Eu sou meio de casa. Pode deixar que eu arrumo aqui. Já vou lá na sala.

– Não, a gente combinou que eu ia lavar tudo, Pilar – contestei.

– Vai lá, Mundo. Logo eu vou – ela disse com um brilho nos olhos que me fez tremer.

Achei que seria falta de educação deixar tudo para ela, mas, ao mesmo tempo, era a oportunidade que eu tinha de chamar Kevin e perguntar o que, afinal, estava acontecendo. Saí a passos apressados na direção do quarto dele e bati na porta. Ele não demorou a aparecer, mas colocou apenas a cabeça para fora.

– E aí, Kevin? Você vai me deixar sozinho com a Pilar? Você não comentou sobre essa visita...

– Relaxa, herói, relaxa! – disse com um sorriso sacana no rosto. – Agora, meu amigo, é com você!

Então, fechou a porta. Eu podia me trancar no banheiro ou... podia voltar para a sala e ver o que acontecia.

Foi a minha escolha. Pilar estava lá, perto da janela, vendo o movimento na rua. Tinha um copo na mão. Sorriu, e eu tentei disfarçar o nervosismo.

– Sabe que eu vi você me seguir naquele dia da festa? – disse rindo.

– Jura? – respondi sem jeito.

– Juro! Percebi que o ônibus demorou a sair e fiquei prestando atenção se o motorista queria alguma coisa comigo. Ele é meu tio. Tio Tavares. Aí vi você saltar. Mas como não sabia quem era, corri o mais rápido que pude para chegar a um lugar protegido. Aquele lugar é barra.

– Desculpe o susto.
– Imagina. Depois, lá dentro, eu consegui te reconhecer. O Kevin comentou que você era o garoto do cinema, de que toda a cidade estava falando. Viralizou até foto nos nossos grupos de mensagem.
– Sério?
– Sim, Mundo, você está superfamoso por aqui. Foi lindo o que você fez.
– Obrigado! – disse, sem saber como receber aquele elogio. Virei-me de costas para ela, suando frio.
– Na verdade, você é lindo – ouvi ela dizer.

Eu não pude acreditar. Como assim, aquela mulher estava dizendo que eu era lindo? Só podia ser uma pegadinha. Lembrei de Lara e aquele sentimento meio torto do primeiro amor; lembrei de Iná e o beijo roubado; lembrei de todas as garotas com que tinha sonhado ficar na minha vida; lembrei de uma vez que levei um fora de uma menina que sentava ao meu lado na escola e que todos diziam que gostava de mim; lembrei dos meus medos e ansiedades, mas também do quanto eu queria descobrir e viver uma série de coisas que ainda não tinham acontecido.

Mesmo inseguro, voltei-me para ela.

— Então, o Kevin disse que você gosta de ler...

— sei lá, tentei puxar qualquer assunto, queria, ao menos, entender o que estava acontecendo, mas achei que não tinha mais escapatória. — Você que é linda, Pilar — então falei.

Ela deixou o copo na mesa e soltou os cabelos. Apagou as luzes e depois fechou a cortina da sala. Por uma fresta, a iluminação que vinha de fora permitia que nos víssemos um tanto ainda. Os códigos estavam dados. Eu respirei fundo e procurei não pensar em nada mais. Caminhei até ela, que me esperava. Chegamos muito perto um do outro, nossas respirações se confundiam, um silêncio que dizia tudo.

Então, ela fechou os olhos e sorriu.

Eu também.

Como nunca antes.

23
IRMÃOS

Eu não queria acordar. Estava ainda imerso em cheiros, toques e sensações que eu desconhecia. Meu corpo em um estado único, novo. Por mim, ficaria ali para sempre, num sonho sem fim, anestesiado por aquela experiência. Um atropelo dos melhores. Mas não foi possível. Alguém tentava me acordar, mas eu resistia. Meus braços e pernas se movimentaram como se eu nadasse, mas estava enrolado no lençol que Kevin me emprestara para usar no sofá-cama da casa dele. Alguém continuava insistindo em me cutucar.

– Herói, desculpa aí, mas está tocando sem parar.

Abri os olhos sonolentos e vi Kevin diante de mim, meio turvo. Fechei-os de novo e desabei a cabeça no estofado, fugindo o quanto podia da realidade.

– Acho melhor você atender, pode ser alguma coisa importante.

Voltei a levantar a cabeça. Kevin agora estava mais nítido. Ele achava graça de mim e me entregava algo com o braço esticado. Na outra mão, percebi que tinha uma xícara, da qual bebia algo de quando em quando. Pela janela, um sol forte iluminava a sala por causa das cortinas escancaradas. Que horas seriam?

— Estão te ligando, Mundo — Kevin avisou.

Alcancei o aparelho na mão dele um tanto contrariado e olhei a tela, tentando decodificar as letrinhas que iam ganhando nitidez. Nove tentativas de ligação da minha mãe só nos últimos trinta minutos. Foi o suficiente para eu saltar da cama assustado. Se ela não tinha me procurado na última semana e agora estava nesse desespero, algo muito grave tinha acontecido.

— Kevin, acho que deu ruim — me exaltei, já de pé.

Ele me encarou de cima a baixo e riu. Não entendi de imediato, tão confuso estava.

— Herói, eu posso te ajudar, claro — falou educado. — Mas será que...

Então olhei para meu corpo e percebi que estava sem nenhuma roupa. Recolhi meus trajes pela sala enquanto rememorava aquela noite.

– E aí, foi legal? – Kevin perguntou, mantendo a normalidade.

Eu sorri para ele, me vestindo.

– Um pouco atrapalhado.

– Normal.

– Mas valeu a pena.

– Imagino que sim.

Minha cabeça se dividia nos fragmentos do que eu tinha vivido com Pilar e na cena que eu imaginava do meu pai furioso lá em casa, vociferando xingamentos contra mim. Encarei meu celular e temi retornar as ligações. Definitivamente, voltar ao ponto inicial me dava calafrios. Eu não queria deixar tudo o que eu estava vivendo naqueles dias.

– É, herói, você vai ter que enfrentar todos eles agora, de verdade.

– Não sei se estou preparado.

– Se precisar ficar mais uns dias, a casa está à disposição. Mas parece que você não vai conseguir se esconder muito mais tempo por aqui.

– Kevin, eu agradeço demais, mas acho que vai ser melhor voltar agora mesmo. Vou arrumar minhas coisas e ir para a rodoviária. Na tarde de hoje eu já estarei em casa.

Kevin fez que não com a cabeça.

– Voltar? Nada disso! Antes disso você vai ter que ir até sua garota. Ela está te esperando! Aí depois você resolve o lance com a sua família.

Fiquei confuso, confesso. Era muita coisa de uma vez só.

– Aguenta firme mais um dia, herói – aconselhou Kevin. – Hoje você ainda fica aqui organizando sua alma e amanhã cedinho eu te levo até a Lara. É este o nome dela, né?

Em silêncio, fiquei encarando Kevin. Ele ficou incomodado.

– O que foi, cara?

– Por que você me trata tão bem, hein, Kevin? Por que você me acolheu tanto? Por que você está me ajudando dessa maneira? A gente nem se conhece direito... É estranho, porque o mundo lá fora não é assim.

– O mundo lá fora é o mundo lá fora. Agora, o mundo aqui dentro, cada um faz o seu – respondeu. – Você nunca me deu motivos para não te ajudar. Você é um cara legal. Um cara legal mesmo, herói. É só o que a gente precisa ser.

– Você também – eu disse, indo abraçar meu

amigo. – É muito maluco. Faz uns dias que a gente se encontrou, mas parece uma vida. Kevin me abraçou forte e aí foi ele quem ficou em silêncio. De tempos em tempos, me apertava.

– Você tem a idade do meu irmão mais velho, Kevin – comentei. – É estranho como a gente encontra irmãos na vida que ficam mais importantes que os irmãos de sangue. Eu nunca tive com ele o que tenho com você. Bem que o tio Franco me falou: o que vale são os afetos.

– Meu irmão teria sua idade, herói – Kevin começou a contar. – Mas ele não está mais aqui. Hoje ele teria sua idade.

Fiquei surpreso com aquela história. Agora era eu quem o apertava com força. Ele tentava segurar a emoção.

– A vida é mesmo um mistério. Como ela mexe com as peças, quem ela tira, quem ela coloca no nosso caminho. Tudo deve ter um motivo – desabafou. – Ele era menino ainda, ficou doente, ninguém sabia o que tinha. De repente, foi embora. Sem motivo, sem explicações. Acho que é por isso que eu procuro não pensar muito, sabe, herói? A gente nunca sabe quando as coisas vão acabar. A gente tem que ter coragem. Você teve no cinema, peitou todo mundo, uns homens poderosos, uma tropa inteira.

— Ainda não sei como consegui. Ainda duvido que foi verdade.

— Conseguiu sim, herói. E isso me conectou com você imediatamente. "Olha aquele cara, que corajoso", pensei. É desse tipo que eu quero ser. Mas eu vi que você estava descobrindo esse seu potencial. Pensei que, de repente, podia te ajudar nessa jornada.

— Você mudou a minha jornada — falei para ele.

Estávamos ali como irmãos, cruzados pelo caminho. Ele sorria para mim com os olhos marejados, mas não deixava se afogar na emoção. Segurava firme e forte, como os meninos são ensinados a fazer. Até os mais sensíveis, como Kevin.

— Eu posso te ajudar em alguma coisa? — perguntei.

— Já ajudou muito, herói. Às vezes, meu amigo, é só existir. Apenas isso.

24
ESPELHO

As ligações da minha família continuaram insistentes. Depois de mamãe, foi Elídio quem começou a me telefonar. Sem respostas minhas, passou a me mandar mensagens.

"Edinho, onde você está? O que você fez? Apareça! Mande mensagem!"

Depois veio outra.

"A gente vai precisar colocar a polícia em jogo!"

Surgiram as ameaças.

"Você não perde por esperar, moleque! Papai vai te matar quando a gente te achar!"

Antes de qualquer coisa, precisava entender como haviam descoberto sobre a minha viagem. E porque ficaram tão malucos se até dias antes nem se preocupavam comigo. Talvez a resposta de tudo estivesse em tio Franco, mas ele continuava incomunicável. Naquele dia, desesperado, tentei falar com ele de todos os jeitos e até liguei para a portaria do prédio, mas dava ocupado.

Eu sabia que estava prestes a ter que voltar para a vida que eu tinha, mas que ia ser muito, muito pior. Por causa disso, por aquelas últimas horas fingi que nada tinha acontecido e aproveitei ao máximo os momentos ao lado de Kevin. A noite com Pilar continuava me tirando suspiros e causando arrepios, ainda que eu não conseguisse acreditar que tudo tinha acontecido de verdade. Demorou um tempo, até por causa daquela loucura toda das ligações, para eu tocar no assunto com meu amigo.

– Bom, a gente tá aqui, eu acordei no meio dessa confusão, mas não vi mais a Pilar – falei assim meio sem jeito.

– Esquece, herói. Pilar seguiu a vida dela. Ela é assim. Se tem alguém que é livre, esse alguém é aquela mulher. Guarde ela na sua memória, no seu coração, mas não se prenda ao que viveram. Conselho de amigo.

– Então, eu fui só mais um?

– Ela também não foi só mais uma para você?

Para mim não era bem assim, se é que ele ainda não tinha entendido.

– Ela foi a primeira, Kevin.

Ele não se surpreendeu em nada com minha revelação. Mais uma vez piscou o olho para mim em cumplicidade, como sempre fazia.

– Eu só não entendi ainda como ela quis ficar comigo. Ela é tudo aquilo, e eu, apenas um garoto normal.

– Todo mundo tem seu poder, cara. Você já descobriu isso. Confia nele daqui para a frente.

Tomei aquilo como um conselho valioso. Acho que esse era o lance do Kevin, ele confiava no poder que tinha. Seja ele qual for.

Ainda atordoado e querendo fugir da minha família, Kevin me convidou para acompanhá-lo até o centro da cidade. Ele tinha que ir até uma oficina mecânica para ver um barulho estranho que Ella, a moto, estava fazendo, antes que a gente partisse na viagem que prometera no dia seguinte. Dar essa volta me distraiu um pouco, embora eu não conseguisse, por nenhum momento, deixar de imaginar como tinham descoberto tudo.

E a resposta veio da maneira mais inesperada possível.

Numa banca de revistas durante nosso trajeto, tomei um susto ao me encontrar estampado na primeira página de um jornal que estava pendurado ali. Mas eu não era personagem de uma reportagem policial, como podia temer, com um "Procura-se" em cima da minha imagem e uma manchete sensacionalista. Os olhos dos passantes, naquela e em tantas outras ruas onde exemplares da edição daquele dia estivessem expostos, me veriam no passado, aos dez anos de idade, em um registro feito por tio Franco.

Fiquei paralisado como se estivesse diante de um espelho.

O futuro diante do passado.

Eu diante do menino que fui.

Foi esquisita demais a sensação ao ter que me encarar daquele jeito. Ao mesmo tempo que não me reconhecia naquela figura, parecia que ela ainda estava muito presente em mim.

Kevin parou ao meu lado e também olhou para a página. Enquanto eu tentava ainda entender por que eu estava ali, meu amigo leu a legenda que acompanhava a fotografia: "Foto inédita encontrada no arquivo do renomado fotógrafo Franco Z, encontrado morto na tarde de ontem".

Quando terminou a frase, com as mãos trêmulas, comecei a folhear o caderno de maneira desordenada em busca de mais informações. Kevin pagou pelo exemplar, enquanto um turbilhão de coisas passava pela minha cabeça.

Um buraco se abriu diante de mim. A sensação era de que o tempo havia parado, naquela rua de um bairro pouco movimentado, de gente trabalhando no comércio, de pessoas fazendo supermercado, de crianças indo para a escola, em um mundo com doenças, guerras, alta do dólar, acidentes, brigas eleitorais. Nada mais importava. Porque a existência de tio Franco – eu descobriria depois – me dava o sentido para o inexplicável, fazia do ordinário algo extraordinário, aliviava o absurdo.

Talvez fosse o tal do afeto, sentimento sobre o qual me alertara em nossa despedida. Temi profundamente que a partida dele fizesse com que parte do afeto que ainda nos dava base na vida fosse embora também.

De dentro de mim, nenhuma lágrima saiu. Não entendi de imediato, mas eu, ao mesmo tempo que estava dilacerado, também me sentia potencializado, como se um bastão tivesse sido passado a mim e eu não pudesse parar.

Tio Franco me permitira aquele caminho... Como iria ser agora sem ele? Os pensamentos eram infinitos, mas, ao contrário do que sentia, o tempo, a vida e o cotidiano não pararam. Por isso, eu também não poderia.

Voltei ao jornal que estava nas minhas mãos e comecei a folheá-lo em busca de mais informações. Lembrei-me da tontura que ele tinha tido no dia em que saí de sua casa. Como não pensei que aquele podia ser o sinal de que algo não estava bem? Será que ele andava doente nos últimos dias, por isso não atendia ao telefone?

Li então naquelas linhas que tio Franco tinha sido encontrado sem vida em uma das ruas do bairro em que morava. Imaginei que tudo tivesse acabado para ele em uma de suas caminhadas rotineiras. Fiquei pensando que ele tinha chegado ao fim vendo o mundo pela primeira vez, como gostava de fazer naquelas andanças. Sorri com certo alívio.

Na sequência, a matéria continuava contando que um amigo do fotógrafo havia encontrado material inédito realizado por ele.

"Uma série de imagens estava em cima da mesa quando entrei no apartamento", contava o amigo ao ser ouvido pelo jornal. "Devia ser algo em que ele estava trabalhando no momento. A foto do menino estava anexada a um papel cheio de anotações à mão. Ele devia estar no processo desse trabalho. Duas palavras escritas na capa indicavam qual era seu próximo projeto: 'Menino' e 'Roteiro'."

Li "Roteiro".

Um roteiro!

O filme. Tio Franco estava caminhando com seu projeto do filme.

"Ainda existe tempo", ele me disse.

Teria ele voltado a pensar nesse projeto depois que eu parti em viagem?

Fiquei bastante atordoado com aquela história, que me pegara de surpresa, ainda mais com a imagem do menino que fui tendo sido encontrada com o material.

Sentei-me ali mesmo, no meio-fio da calçada. O fim nos faz olhar para toda a trajetória. Tio Franco tinha existido até seu último dia. Havia se mantido forte e firme no que talvez tenha sido destinado a fazer aqui e, mesmo não tendo realizado algo concreto, manteve-se acreditando, ainda que em silêncio. Aquilo era mais do que uma novidade para mim: era um espanto. Mas isso se misturava a um fascínio e a um pensamento que não me deixou desde então: e agora, o que eu devo fazer com a minha vida?

Kevin sentou-se ao meu lado, tentando entender o que estava acontecendo.

– Meu tio morreu, Kevin. O tio com quem eu devia estar agora. Foi por isso que me descobriram.

Eu não daria conta de explicar a ele tudo o que estava se passando dentro de mim naquele momento. Mas seu olhar para mim, tentando me confortar, me dava a entender que ele percebia a dimensão dos meus sentimentos e pensamentos. Talvez já tivesse feito tal mergulho quando tudo aconteceu com seu irmão mais novo.

– Ah, o cara... – falou, pegando o jornal da minha mão.

– Talvez não queriam saber onde eu estou, mas o que, afinal, eu fiz com tio Franco – lamentei.

– Calma, herói, calma. Não antecipe nada, lembra?

Assenti com a cabeça.

– Vamos seguir nossos planos – ele completou mexendo em seu celular. – Não adianta sair correndo. Pelo que estou vendo aqui já aconteceu até uma cerimônia de cremação dele, estava prevista para hoje cedo.

Ele estava certo. Até respeitando a memória do meu tio, eu precisava seguir meu caminho. Eu tinha alegria, tinha tristeza, tinha raiva, tinha medo, tinha tudo explodindo dentro de mim.

– Kevin, eu vou ser gigante – disparei.

Kevin me olhou com admiração. Colocou o braço nos meus ombros e fez que sim com a cabeça, aprovando minha decisão.

– Já é.

Voltei a me encarar no jornal aos dez anos.

Aquele menino com a cara um pouco assustada pelo registro repentino.

Aquele menino que tinha muitas ideias na cabeça.

Aquele menino que falava sozinho.

Aquele menino que as pessoas diziam que era estranho.

Aquele menino que vivia no seu próprio mundo.

Aquele menino que desejava um monte de coisas, mas não sabia por que tinha que ser da maneira que os outros mandavam.

Aquele menino.

Eu.

Mas o que eu deveria fazer agora?

25
SENTIR

Esperar até a manhã seguinte, quando Kevin, conforme me prometera, me levaria até Lara, foi muito ruim para mim. A ansiedade tomou conta, a ideia de finitude, de que tudo acaba de uma hora para outra.

Quando eu me acalmava, lia e relia a reportagem sobre o roteiro encontrado. E via a minha foto. A equação era muito complicada dentro da minha cabeça. Fiquei lembrando também da fala de Kevin sobre o irmão e seu desejo de viver intensamente.

A minha busca, afinal, era esta, descobri naquele ponto da viagem. Eu precisava ser eu enquanto houvesse tempo. Porque é muito fácil as coisas nos engolirem, obrigações, opiniões dos outros, imprevistos, o imponderável.

A gente só precisava saber dançar a vida.

Sorri ao reencontrar nas lembranças meu reflexo no vidro do bar na noite da festa do cinema. Eu me vi dançando.

Mexia todos os meus membros, cabeça, quadril, sentia músculos, ossos, pele, alma. Como sempre fui muito mental, aquele que pensa demais querendo dar palavra a tudo, ter todas as explicações, foi bom poder descobrir que às vezes era só sentir. E aquela viagem tão inesperada que estava perto do fim tinha me proporcionado isso.

Eu sentia tanto.

Despertei bem cedinho, antes mesmo de Kevin, e fui comer alguma coisa antes de viajar. Comecei a arrumar minhas coisas, dobrar minhas roupas, juntar meus poucos pertences. E o livro. *O grande mentecapto*, presente do meu tio, que me acompanhara e que, de certo modo, também havia me inspirado a viver aquela aventura. Aprendi, naquela jornada, que as pessoas que sonham, que desejam, que enfrentam, que subvertem as convenções e se permitem ser livres são as que têm que lidar com o que o mundo vai dizer. Eu, que lá atrás temia passar a vida preso às obediências, olhando o mundo por uma janela de sótão, abaixando a cabeça para opiniões alheias e duvidando de mim, aprendi que eu podia tocar as pessoas simplesmente pelo meu jeito de ser. Este era um outro aprendizado: tem uma parte dos encontros que cabe a mim, a outra não. Então, bastava eu ser responsável pela que me era destinada.

Pilar abriu a porta do apartamento de Kevin como se fosse uma moradora. Não sabia que ela tinha a chave. Entrou em silêncio, talvez para não me acordar, mas tomou um susto ao me ver ali, de pé, já arrumado diante dela. Era a primeira vez que nos encontrávamos depois do que vivemos. Ela sorriu para mim e agiu de modo natural, enquanto eu não sabia muito como me portar. Chegou até mim, cumprimentou-me com um beijo no rosto e emendou uma conversa.

– Você vai hoje, né, Mundo?

– Sim, muitas coisas aconteceram. Não posso ficar mais. Foi muito bom te conhecer.

– Também achei legal. Eu fiquei sabendo sobre seu tio, meus sentimentos.

Kevin devia ter contado a ela.

– Ah, obrigado. Ele era um tio muito querido.

Kevin abriu a porta do seu quarto.

– Olha só, o dia já começou aqui em casa e ninguém me avisou – brincou ele, que acenou para Pilar e veio me dar um abraço. – Tudo bem?

Fiz que sim com a cabeça.

– Você está pronto? – ele continuou.

– Acho que sim também.

Ele me soltou e passou a mão no meu cabelo, desajeitando-o, num gesto fraternal.

– Deixa eu comer alguma coisa que a gente já vai. Não podemos perder tempo – falou entrando na cozinha.

Pilar se levantou, foi até ele, e eu fiquei na sala esperando enquanto conversavam. Olhei no relógio, quase oito horas. Duas viagens pela frente – até Lara e, depois, até minha casa. O dia seria longo.

Fui dar um toque em Kevin para nos apressarmos. Quando me aproximei da porta da cozinha, vi Kevin bem próximo a Pilar, numa intimidade de quem era mais que amigo. Falavam coisas entre eles, com sorrisinhos nos rostos, e então perceberam minha presença. Os dois ficaram sem graça. Eu também, é claro. Pilar abaixou a cabeça, mexendo no cabelo, e Kevin tomou mais um gole de café.

– Acho que é melhor vocês irem, né? – disse Pilar, saindo da cozinha. – Boa viagem, Mundo.

– Obrigado!

Ela deixou o apartamento e Kevin pegou uma jaqueta que estava na sala, os capacetes, e saímos, sem que ele comentasse nada sobre o flagra.

– Bora, herói! Bora!

Antes de subir na moto, Kevin me instruiu:

– Avisa a Lara para te esperar, cara!

Peguei o celular e gravei uma mensagem: "Lara, mesmo um pouco atrasado, chego hoje aí na sua cidade para te ver. Me passe seu endereço, por favor. Assim que estiver perto, te aviso".

Kevin ouviu tudo e deu aquela piscadinha de sempre.

– Atrasado nada, herói. Você não podia ter ido antes. Vai chegar na hora certa.

Ele tinha razão.

Subimos em Ella, a moto, e partimos. A viagem durou cerca de duas horas. Não paramos em nenhum momento, fomos direto. Não trocamos uma palavra de um ponto a outro daquela última viagem juntos. No trajeto, foi impossível não fazer um filme na minha cabeça de tudo o que vivêramos. Imaginei que Kevin também pudesse estar fazendo o dele.

Quando passamos pela placa de limite de município que avisava que já estávamos em Amoreiras, me dei conta de que não tinha volta. Em minutos estaria frente a frente com Lara outra vez. Tivemos que parar em um posto de gasolina para pedir informação de como chegar ao endereço que ela havia me enviado no caminho. Seguimos por algumas ruas até que Kevin estacionou a moto.

– É aqui? – quis me certificar, tentando identificar o nome da rua.

– Três ruas para baixo, herói – ele me disse.

– Mas por que você parou tão longe?

– Eu acho que tem alguns momentos que são extremamente solitários em nossa vida e que a gente tem que enfrentar dessa maneira. Acho que este momento é o seu. Confie em você, Mundo.

– Você não me chamou de herói – estranhei.

– É que Mundo também é bom demais. Tudo a ver esse nome que você tomou para si.

Busquei na minha mochila o exemplar de *O grande mentecapto* e lhe entreguei.

– Leva com você. Acho que você vai gostar. O escritor é muito bom, conquista qualquer um.

Kevin sorriu e aceitou de bom grado.

– Obrigado.

Caminhei um pouco na direção que deveria seguir. Passos depois, parei e me voltei para ele. Kevin me observava.

– Eu não sei como será daqui em diante.

Ele sorriu daquele jeito de quem entende as coisas.

– Que bom!

"Que bom!" A mesma fala com que meu tio me presenteara em certo momento da viagem. Que bom.

– Boa sorte, Mundo – desejou e disse sorrindo:

– Eu amo você, herói.

– Eu também, cara. Eu também amo você.

Colocou seu capacete, acelerou a moto, deu meia-volta e sumiu no final daquela rua, sem dar chance de eu pará-lo outra vez.

No fim das contas, eu estava ali, eu comigo mesmo.

As coisas dependeriam apenas de mim.

26
NOME

Desci as três ruas carregando uma mistura de sentimentos. O meu medo era evidente, não tinha como não ser. Em nenhum instante cogitei voltar atrás. O frio na barriga deve estar presente nos momentos importantes, mas não podemos, jamais, deixar que ele nos paralise. Durante a caminhada, fiquei elaborando meus sentimentos por Lara. Afinal, por que tinha chegado até lá? Por que tinha insistido na viagem até o fim, mesmo que tantas coisas tivessem me acontecido pela rota? Lara me fazia bem, tínhamos uma amizade. Afeto. Talvez, acima de tudo, fosse isso. E, no fim das contas, foi essa a mola propulsora para o grande salto que eu precisava dar. Era preciso chegar ao outro lado.

Na minha viagem, saí em busca do que queria, mas, na verdade, encontrei o que precisava – e entendi que as duas coisas têm lá suas diferenças. Agora meu jeito de andar era outro, a forma que movimentava a cabeça, o balanço dos meus braços. Meu corpo. Meu olhar para tudo em volta também. Fui me aproximando do lugar indicado. Encontrei a rua pela placa com o nome, pregada em um poste. Meu destino final. Era uma rua tranquila, muito, mas muito diferente do ponto de partida, onde antes vivíamos. Só que a velocidade estava dentro. Entre pássaros cantando e árvores belíssimas fazendo sombra no asfalto, lá estava a casinha nova dela. Não foi difícil encontrar porque, de pé na calçada, estava o velho Turíbio de sentinela. Logo percebi que estava agitado, olhando de um lado para o outro, como se esperasse algo. Ou alguém.

Eu.

Ok, tremi.

Fui rápido a ponto de buscar um esconderijo longe do campo de visão dele. Peguei meu celular, e na tela havia a indicação de uma mensagem de voz da Lara. Cliquei para ouvir e, para minha surpresa, era a voz grossa do avô dela: "Você é um dos sujeitos mais atrevidos que já vi, rapazinho. Saí desse lugar para evitar esses urubus em cima da minha Lara e agora eu descubro que você está vindo atrás dela. Então venha se for homem, eu estarei te esperando!".

O temor passou na hora. Sei lá, achei aquilo tão, tão engraçado, que tudo ficou mais leve. Fiquei pensando se Turíbio era aquele cara perigoso mesmo ou se só gostava de ladrar. Lembrei da história do homem caído na rua e a ameaça que ele fizera a meu pai naquele dia da minha infância. Um grande mistério que nunca foi esclarecido. Será que aquilo tinha acontecido mesmo? Ou foi um arroubo do meu pai, uma fabulação dele para deixar sua vida mais emocionante por um mísero momento? No fundo, no fundo, na memória que tenho do avô de Lara, por todo o tempo que fomos vizinhos, apenas ouvi sobre o que ele poderia fazer, mas nunca o vi fazendo nada mesmo. Hoje, acho isso engraçado.

Então, com aquela reflexão, estufei o peito e segui, corajoso. Fiz questão de descer bem no meio da rua para que ele pudesse acompanhar minha chegada triunfal passo a passo. Ele mirou em mim com os olhos raivosos e cerrou os dentes, como quem prepara um ataque. Não me fiz de rogado e segui minha jornada, com ar de superioridade. Aquilo pareceu tirá-lo do eixo. Lara apareceu na janela. Ela sorriu – com certeza, eu vi –, mas logo fechou a cara ao perceber um movimento desnorteado do avô, como quem se dá conta de que não tem as armas ideais para lutar com um inimigo que se aproxima. Eu me lembrei que não tinha segredo, bastava ser eu, apenas eu.

Desacelerei o passo, brincando, dando mais tempo para ele se preparar para o embate. Ele estava perdidão, sem saber o que fazer, fiquei até com pena. Mas não ri. Turíbio entrou na casa e saiu, talvez trinta ou quarenta segundos depois, trazendo Lara pelo braço. Ela não sabia muito bem o que estava acontecendo. Os olhos dela não saíam de mim, apreensivos, e diziam algo como "faz alguma coisa!".

O avô a levou até um carro que estava estacionado diante da casa e a mandou entrar. Não acreditei que a escolha dele seria fugir. Não acreditei mesmo! Mas era o que parecia.

Turíbio entrou no carro e eu percebi as diversas tentativas de ligá-lo, mas ele teimava em falhar. Quando conseguiu dar a partida, começou a manobrar, e corri na direção dele. Lembrei-me da cena que mais me surpreendera na história de Geraldo Viramundo – em que ele consegue parar o trem. Quando me vi, estava diante do carro, impedindo a passagem. Eu precisava me arriscar. Por trás do vidro, que se manteve fechado o tempo todo, ele vociferou palavras que não entendi, enquanto batia no volante com imensa fúria.

Lara estava no banco de trás e, surpresa com minha atitude, abriu a janela. Com a cabeça para fora, olhou-me surpresa e abriu o mais lindo dos sorrisos. Era o que eu precisava.

– Edinho! O que você está fazendo?

Olhei no fundo dos olhos dela e avisei:

– Agora meu nome é Mundo.

27
TEMPO

– Mas e aí? O que aconteceu? – a menina me perguntou, curiosa.

Eu ri, achando graça do entusiasmo dela. Quem diria que eu, Mundo, conseguiria atrair e prender a atenção das pessoas?

– Acredita que acabamos não ficando, nem trocamos um beijo sequer? – revelei.

– Mentira! Tudo isso para nada? – ela ficou boquiaberta.

– Como, para nada? – respondi, contestando-a.

– Você acha que foi para nada?

Tinha vezes que eu incluía um beijo, mesmo que nunca dado. Dependia de como eu quisesse reviver tudo aquilo. Voltar àquela minha viagem era sempre uma nova aventura, eu sempre me redescobria um pouco.

De tempos em tempos, gostava de pegar meu carro e dirigir estrada afora, conhecendo cidades, encontrando pessoas novas. Para mim, mais do que tudo, era importante a ideia de ir e vir.

— Ficamos amigos, trocamos mensagens por um tempo, mas depois que saí de casa, com dezoito anos, resolvi tocar minha vida — contei. — Os dois anos entre aquele meu retorno e ser maior de idade não foram fáceis. Como eu apanhei quando apareci em casa, naquela noite, sozinho. Meu pai, é claro, não quis me ouvir. Minha mãe, coitada, não conseguiu tomar partido nenhum. E com aquele clima insustentável, aguentei por um tempo, mas certo de que não estava a fim de dar um passo para trás. Assim que pude, decidi partir. Lara e eu acabamos perdendo o contato. A vida tem dessas coisas.

— Tem, né?

— Mas a gente faz o que quiser com ela, se souber.

— E você nunca pensou em escrever essa história em um livro? Você tem tantos escritos, Mundo.

— Ah, sabe que não? Essa eu gosto de contar várias e várias vezes. Porque foi única.

Desviei meu olhar da garota e olhei a paisagem. Estávamos num bar, na beira de uma estrada. Pensei que tudo passava mesmo na velocidade que tinha que ser.

Isso era o tempo.

E ele nos dava a possibilidade de ser o que a gente quisesse.

Acho que, de certo modo, consegui.

Levantei-me e caminhei até perto do asfalto. No horizonte, podia ver algumas cidades vizinhas iluminadas. Imaginei quantos garotos e garotas, como o adolescente que fui, estavam pelos cantos dessas e de tantas outras cidades inventando, criando e vivendo, cada um de seu jeito, suas próprias viagens.

Descobrindo seus próprios espelhos.

E vivendo seus grandes encontros.